Os livros-jogos da série Fighting Fantasy:

1. O Feiticeiro da Montanha de Fogo
2. A Cidadela do Caos
3. A Masmorra da Morte
4. Criatura Selvagem
5. A Cidade dos Ladrões
6. A cripta do Feiticeiro
7. A Mansão do Inferno
8. A Floresta da Destruição
9. As Cavernas da Bruxa da Neve
10. Desafio dos Campeões
11. Exércitos da Morte
12. Retorno à Montanha de Fogo
13. A Ilha do Rei Lagarto
14. Encontro Marcado com o M.E.D.O.
15. Nave Espacial *Traveller*
16. A Espada do Samurai
17. Guerreiro das Estradas
18. O Templo do Terror
19. Sangue de Zumbis
20. Ossos Sangrentos
21. Uivo do Lobisomem
22. O Porto do Perigo
23. O Talismã da Morte
24. A Lenda de Zagor
25. A Cripta do Vampiro

Próximo lançamento:

26. Algoz das Tempestades

Visite www.jamboeditora.com.br para saber
mais sobre nossos títulos e acessar conteúdo extra.

IAN LIVINGSTONE
EXÉRCITOS DA MORTE

Ilustrado por NIK WILLIAMS
Traduzido por GUSTAVO BRAUNER

Copyright © 1983 por Ian Livingstone
Copyright das ilustrações © 1983 por Nik Williams

Fighting Fantasy é uma marca comercial de Steve Jackson
e Ian Livingstone. Todos os direitos reservados.

Site oficial da série Fighting Fantasy: www.fightingfantasy.com

CRÉDITOS DA EDIÇÃO BRASILEIRA

Título Original: Army of Death

Tradução: Gustavo Brauner

Revisão: Pedro Panhoca

Diagramação: Tiago H. Ribeiro

Design da Capa: Samir Machado de Machado

Arte da Capa: Lobo Borges

Editor-Chefe: Guilherme Dei Svaldi

Rua Coronel Genuíno, 209 • Porto Alegre, RS
CEP 90010-350 • Tel (51) 3391-0289
contato@jamboeditora.com.br • www.jamboeditora.com.br

Todos os direitos desta edição reservados à Jambô Editora. É proibida a reprodução total ou parcial, por quaisquer meios existentes ou que venham a ser criados, sem autorização prévia, por escrito, da editora.

Publicado em abril de 2013
ISBN: 978858913490-3

Dados Internacionais de Catalogação na Publicação
Bibliotecária Responsável: Denise Selbach Machado CRB-10/720

L788e   Livingstone, Ian
        Exércitos da morte / Ian Livingstone; tradução de Gustavo Brauner. — Porto Alegre: Jambô, 2013.
        224p. il.

        1. Literatura infanto-juvenil. I. Brauner, Gustavo. II. Título.

CDU I/J 028.51

*Para Steve, Sky, Mark, Peter e Clive,
do Games Night Club*

SUMÁRIO

REGRAS
9

FICHA DE AVENTURA
16

INTRODUÇÃO
19

EXÉRCITOS DA MORTE
23

REGRAS

Exércitos da morte é uma aventura de fantasia em que *você* é o herói. Mas, antes de começar, você deve criar seu personagem, rolando os dados para determinar seus valores de Habilidade, Energia e Sorte.

Anote esses valores na *ficha de aventura* das páginas 18 e 19. Esses valores mudarão de aventura para aventura; por isso, faça fotocópias da *ficha de aventura*, ou escreva nela a lápis, para que você possa apagar números anteriores quando recomeçar.

Determinando Habilidade, Energia e Sorte

Para determinar seus valores *iniciais* de Habilidade, Energia e Sorte:

- Role um dado, some 6 ao resultado e anote o total no espaço Habilidade da *ficha de aventura*;

- Role dois dados, some 12 ao resultado e anote o total no espaço Energia;

- Role um dado, some 6 ao resultado e anote o total no espaço Sorte.

Habilidade mede a sua perícia em combate — quanto mais alta, melhor. Energia representa o seu vigor físico, a sua saúde; quanto mais alta a sua Energia, mais tempo você sobreviverá. Sorte reflete o quão sortudo você é. Sorte — e magia — são forças reais no mundo de fantasia que você está prestes a explorar.

Os valores de Habilidade, Energia e Sorte mudam constantemente durante uma aventura; assim, tenha uma borracha por perto. Você deve manter um registro atualizado desses valores; entretanto, nunca apague seus valores *iniciais*. Embora você possa receber pontos adicionais de Habilidade, Energia e Sorte, esses valores nunca podem ultrapassar os valores iniciais, exceto em ocasiões muito raras, quando for assim instruído em uma página.

Batalhas

Quando for instruído a lutar contra uma criatura, você deve resolver a batalha como descrito abaixo. Primeiro, anote os valores de Habilidade e Energia da criatura como apresentados na página em que você estiver em uma *caixa de encontro com monstros* da sua *ficha de aventura*. A sequência do combate é:

1. Role dois dados para a criatura. Some a Habilidade dela. Este total é a *força de ataque* da criatura.

2. Role dois dados para si mesmo. Some a sua Habilidade atual. Este total é a sua *força de ataque*.

3. Quem tem a maior *força de ataque*? Se for você, então feriu a criatura. Se for a criatura, então ela

o feriu. Se for um empate, ambos erraram — comece a próxima rodada de combate a partir do passo 1, acima.

4. Se tiver ferido a criatura, diminua 2 pontos da Energia dela. Você pode usar a Sorte para aumentar o dano (veja **Usando a sorte em batalhas**, na página 12).

5. Se a criatura tiver ferido você, diminua 2 pontos da sua Energia. Você pode usar a Sorte para diminuir o dano (veja **Usando a sorte em batalhas**, na página 12).

6. Faça as mudanças necessárias na Energia da criatura ou na sua própria (e na sua Sorte, caso a tenha usado) e comece a próxima rodada de combate (repita os passos 1 a 6).

7. O combate continua até que o valor de Energia de um de vocês seja reduzido a zero (morte).

Escaramuças

Diferente de outros livros-jogos da série *Fighting Fantasy*, você não estará sozinho o tempo todo nesta aventura. Você comanda um exército de soldados de raças variadas. Você começa sua expedição com anões, elfos, guerreiros e cavaleiros, e outros poderão se juntar ao longo da aventura. Você pode usar seu exército para lutar escaramuças. Para lutar uma escaramuça, siga a sequência abaixo:

1. Anote o número de soldados (não inclua a si mesmo).

2. Anote o número de soldados inimigos.

3. Compare o tamanho dos dois exércitos. Se você tiver mais tropas, sua situação será *superior*. Se tiver menos, será *inferior*. Por fim, se tiver o mesmo número de tropas, sua situação será *igual*.

4. Role um dado e consulte a tabela Resultados de Escaramuças (abaixo) na coluna da sua situação.

5. Deduza a quantidade de soldados perdidos tanto do lado inimigo quanto do seu próprio.

6. A escaramuça continua até que um dos lados não tenha mais nenhuma tropa. Se todos os seus soldados forem mortos, você também terá morrido.

Resultados de Escaramuças

Dado	Situação		
	Superior	Igual	Inferior
1	5A	10A	15A
2	5I	5A	10A
3	5I	5A	5A
4	5I	5I	5A
5	10I	5I	5I
6	15I	10I	5I

A = soldados aliados   I = soldados inimigos

Soldados mortos em batalha são perdidos em blocos de cinco. Caso mais de uma raça esteja envolvida na escaramuça, você pode escolher quais foram perdidos. Por exemplo, se usou anões e cavaleiros e sofreu 15 perdas, você pode perder 15 anões ou 15 cavaleiros; ou 10 anões e 5 cavaleiros; ou 5 anões e 10 cavaleiros. Lembre-se de fazer os ajustes necessários em sua *ficha de aventura*. Soldados perdidos de outras maneiras são deduzidos da mesma forma.

Sorte

Algumas vezes você terá de *testar a sorte*. Como você vai descobrir, usar a sorte é um negócio arriscado. Para *testar a sorte*, siga as instruções abaixo.

Role dois dados; se o resultado for igual ou menor que a sua SORTE atual, você foi *sortudo*. Se o resultado for maior que a sua SORTE atual, então você foi *azarado*. As consequências de ser *sortudo* ou *azarado* são descritas na página.

Cada vez que *testar a sorte*, você deve diminuir um ponto do seu valor atual de SORTE. Assim, quanto mais você depender da sorte, mais irá se arriscar.

Usando a sorte em batalhas

Em batalhas, você sempre tem a opção de usar a sorte para acertar um golpe mais sério em uma criatura, ou para reduzir os efeitos de um ferimento que a criatura tenha lhe causado.

Se você tiver acabado de ferir a criatura: você pode *testar a sorte* para aumentar o ferimento. Se for *sortudo*, você causa 2 pontos de dano extras (ou seja, em vez de causar 2 pontos de dano, você causa 4). Se for *azarado*, você causa 1 ponto de dano a menos (assim, em vez de causar 2 pontos de dano, você causa 1).

Se a criatura tiver acabado de ferir você: você pode *testar a sorte* para diminuir o ferimento. Se for *sortudo*, você sofre 1 ponto de dano a menos (ou seja, em vez de sofrer 2 pontos de dano, você sofre 1). Se for *azarado*, você sofre 1 ponto de dano extra (assim, em vez de sofrer 2 ponto de dano, você sofre 3).

Não esqueça de diminuir 1 ponto do seu valor de Sorte cada vez que *testar a sorte*.

Recuperando Habilidade, Energia e Sorte

Habilidade

Seu valor de Habilidade não mudará muito durante sua aventura. Ocasionalmente, uma página trará instruções para que você altere o seu valor de Habilidade. Uma arma mágica pode aumentar sua Habilidade, por exemplo — mas lembre-se de que apenas uma arma pode ser usada por vez! Assim, você não pode ganhar dois bônus de Habilidade por carregar duas armas mágicas (pois só pode usar uma por vez). Não se esqueça de que a sua Habilidade nunca pode ultrapassar o valor *inicial*, a menos que especificamente instruído.

Energia

O seu valor de ENERGIA vai mudar muito durante a aventura. Quando se aproximar do objetivo, o seu nível de ENERGIA pode estar perigosamente baixo, e as batalhas irão se tornar especialmente arriscadas — por isso, tenha cuidado! Não se esqueça de que a sua ENERGIA nunca pode ultrapassar o valor *inicial*, a menos que especificamente instruído.

Sorte

Você vai receber bônus ao seu valor de SORTE quando for especialmente sortudo. Não se esqueça de que, da mesma forma que HABILIDADE e ENERGIA, a sua SORTE nunca pode ultrapassar o valor *inicial*, a menos que especificamente instruído.

Dado Alternativo

Ao pé de cada página, você vai encontrar rolagens aleatórias de dados. Se você não tiver um par de dados à mão, pode folhear as páginas do livro rapidamente e parar em uma página qualquer; isso vai lhe fornecer uma rolagem aleatória dos dados. Se precisar "rolar" apenas um dado, leia apenas o primeiro dado; se precisar rolar dois, use o total dos dois dados.

Ficha de Aventura

Habilidade
Inicial:

Energia
Inicial:

Sorte
Inicial:

Equipamento

Ouro

Soldados

Guerreiros (100)

Anões (50)

Elfos (50)

Cavaleiros (20)

Outros

Caixas de Encontros com Monstros

Habilidade: Energia:	Habilidade: Energia:	Habilidade: Energia:
Habilidade: Energia:	Habilidade: Energia:	Habilidade: Energia:
Habilidade: Energia:	Habilidade: Energia:	Habilidade: Energia:
Habilidade: Energia:	Habilidade: Energia:	Habilidade: Energia:

INTRODUÇÃO

Fama e fortuna são as duas coisas que a maioria dos aventureiros mais deseja. Tendo sobrevivido à infame Masmorra da Morte do Barão Sukumvit, você agora possui ambas. Parecia impossível que alguém pudesse atravessar o mortífero calabouço de Fang. Mas, de alguma forma, você sobreviveu — e clamou a bolsa com 20.000 peças de ouro do Desafio dos Campeões.

Agora, sempre que caminha por Fang, você é festejado, e nas tavernas onde bebe, as pessoas perguntam sobre sua perigosa jornada através da masmorra. "Havia um diabo de ossos na masmorra?"… "Você viu a linda sereia?"… "Como você venceu a Rainha Lich?"… "E como é o garra fria?"… "Qual a cor do sangue de um orc mutante?". Todos têm grande respeito por você e querem saber sobre a maligna masmorra. Mas toda essa atenção logo se torna cansativa e você resolve partir em uma nova aventura tão cedo quanto possível. Além disso, há uma nova ameaça para Allansia reunindo forças no leste. Antes de partir, você decide gastar parte do dinheiro do prêmio. Você encomenda a construção de um pequeno castelo na margem sul do Rio Kok enquanto você está em missão; com as 6.000 peças de ouro restantes, decide contratar soldados para formar um exército! Recentemente, tem havido avistamentos de um grande número de orcs e goblins na Floresta dos Demônios. Há rumores de que seu líder é Agglax, o Demônio das Sombras.

Demônios das sombras são servos dos Príncipes Demônios e comandantes das Legiões dos Amaldiçoados. Desde que foram banidos para o vazio depois da Primeira Batalha de Titã, entretanto, pensava-se que os Príncipes Demônios haviam sido derrotados para sempre. Mas, mesmo assim, um de seus servos parece ter sido avistado. A história vem de um velho mascate chamado Drek, que descobriu um templo abandonado perto de Zengis. Vasculhando o templo em busca de alguma coisa que pudesse vender, Drek encontrou um pote de barro negro, tampado e fechado com cera igualmente negra. Sua curiosidade se mostrou demasiada quando ele quebrou o pote em uma pedra, na esperança de que contivesse ouro ou joias. Mas sua emoção logo se transformou em pavor com o que aconteceu a seguir. Tão logo o pote negro se quebrou, Drek se viu ensurdecido pelo grito mais horrível e maligno que ele já tinha ouvido. Uma névoa começou a se formar lentamente, ficando cada vez maior e mais escura, até que se juntasse na forma de mantos ao redor de um corpo invisível, mas com olhos bastante visíveis e de um vermelho pulsante. Drek gritou amedrontado, mas o demônio das sombras que ele havia libertado simplesmente se virou e desapareceu. Era chegada a hora das crias do caos voltarem a ganhar força em Titan.

Com o peso da história de Drek, você deixa avisos de recrutamento por toda a cidade de Fang. A honra de lutar ao lado de alguém com a sua fama — e ainda com o bônus do pagamento em ouro — forma uma longa fila de guerreiros do lado de fora da taverna onde você pensa em contratar seus soldados. Muitos vêm sozinhos, outros em grupo, mas todos estão ansiosos por se alistar em seu exército. Alguns contam antigas aventuras, outros falam de monstros que destruíram. Mas você sabe o que procura e, antes de o sol se pôr, suas tropas são escolhidas. Sem saber que perigos o esperam, você decide não contratar todos os guerreiros que apareceram, para guardar algum ouro para a viagem. Você faz as contas e descobre que contratou 100 guerreiros, 50 anões, 50 arqueiros élficos e 20 cavaleiros. De manhã você compra mantimentos, provisões e mulas para carregar tudo isso. Quando tudo está pago, você fica com 700 peças de ouro, que guarda em um baú de madeira e amarra em uma das mulas. Você então avança para o centro da cidade, onde seu pequeno exército está reunido. Cada líder de pelotão recebe uma flâmula amarela adornada com o símbolo de uma espada flamejante. Sob os festejos dos cidadãos de Fang, você lidera seu exército através do portão leste, rumo a um inimigo ainda desconhecido, porém mortífero.

Agora, vire a página.

1

Vocês não marcharam nem duzentos metros quando um homem gordo e barbudo, bufando e respirando rápido, corre para alcançá-los. Está vestido como um capitão de navio, embora seu uniforme esteja sujo e amarrotado, e seu chapéu esteja igualmente imundo e amassado. "Com a sua licença", arfa o capitão, "será que você poderia ouvir minha proposta? Acabei de atracar meu navio em Fang e descobri que todo mundo está animado. Parece que você é a causa. Disseram que você está viajando para o leste para enfrentar algum demônio ou coisa do gênero. Bom, eu não sei nada de demônios, mas posso levar você e seus homens no meu navio até Zengis — por um pequeno preço, é claro. Pense em todas as milhas que você não vai precisar percorrer. Suba o Rio Kok no *Tucano Voador*, o bom navio do capitão Barnock. E tudo que peço pela luxuosa passagem são 50 peças de ouro. Não é um bom negócio?", diz o velho lobo do mar. Se quiser navegar no *Tucano Voador*, vá para **37**. Se preferir continuar marchando, vá para **225**.

2

Com o escudo acima da cabeça, você começa a escalada. O glob pula de um lado para o outro nos galhos, procurando uma abertura para disparar contra você. Com apenas uma mão livre para escalar, você de repente perde o equilíbrio. *Teste a sorte*. Se for *sortudo*, vá para **396**. Se for *azarado*, vá para **140**.

3

"Não tenho interesse em conversa", diz o ladino com firmeza. "Agora cale-se e vá embora". Se quiser fazer como ele diz e ir para outra mesa, onde três vagabundos estão sentados, vá para **18**. Se preferir continuar falando, vá para **152**.

4

Cada elfo dispara duas flechas nos cinquenta demônios de fogo. Para descobrir quantos demônios de fogo caem do céu, multiplique o número de elfos em seu exército por dois, e então diminua o total de dois dados, rolados para descobrir a quantidade de tiros que erraram o alvo. Contra os demônios de fogo restantes, você deve conduzir uma *escaramuça* com trinta guerreiros. Se vencer, vá para **316**.

5

A mochila atinge o alvo, fazendo a espada cair no chão com um barulho alto. A elfa começa a chorar aliviada quando você corta as cordas que a prendem. "Obrigada", geme ela. "Obrigada por salvar minha vida". Ela então tira um anel do dedo e diz: "Por favor, fique com este anel como um símbolo de minha gratidão. Ele vai trazer-lhe boa sorte". Se quiser ficar com o anel, vá para **270**. Se preferir recusar o presente, pegar sua mochila e voltar a seus homens do lado de fora, vá para **211**.

6

Seu exército marcha pela trilha em uma coluna de dois homens de largura e avança rápido. A trilha termina em outra clareira. Aqui, você vê muitas lanças fincadas no chão, suas pontas para cima, com crânios humanos cravados nelas. Se quiser atravessar a clareira, vá para **48**. Se preferir fazer a volta pela margem da clareira sob a proteção das árvores, vá para **389**.

7

Suas perdas foram maiores do que você imaginava. Dez guerreiros e dez elfos morreram a bordo do *Tucano Voador*, e cinco anões e quinze cavaleiros se afogaram no rio, afundando sob o peso de suas armaduras. Perca 1 ponto de SORTE. Os sobreviventes parecem mais confiantes agora que mais uma vez têm terra firme sob seus pés, e parecem prontos para marchar. Você decide partir de imediato, na esperança de chegar a Zengis no próximo dia. Vá para **366**.

8

"Boa resposta, meu amigo", diz o oráculo. "Agora, o teste final. Quero que você faça um truque mágico para mim. Você pode me ouvir, mas não pode me ver. Acho que deveríamos ficar em pé de igualdade. Torne-se invisível!". Se tiver um saltador de estimação, vá para **224**. Se não tiver tal criatura, vá para **108**.

9

Todas as flechas erram o alvo, que sobe rápido, e logo o wyvern e seu cavaleiro não são mais do que um ponto no céu, voando rumo ao horizonte leste. Consciente de que Agglax pode enviar mais assassinos, você dá a ordem para marchar para Garra, mas com suas tropas em uma formação muito mais fechada. Vá para **220**.

10

Você vasculha sua mochila e puxa a coruja de latão. "Coloque-a no chão", diz o oráculo. "Bom. Mas eu sou muito ambicioso e quero mais alguma coisa. Você tem um vaso verde que poderia me dar?". Se tiver um vaso verde e conseguir se lembrar de quantas peças de ouro ele custou, vá para a referência de mesmo número. Se não tiver um vaso verde, vá para **297**.

11

Você não se sente diferente por ter bebido a água, embora sinta-se mais refrescado. Nem envenenado, nem com suas energias renovadas, você atravessa a caverna desapontado e desce o corredor na parede do outro lado. Vá para **221**.

12

Não muito depois da meia-noite, alguma coisa perturba seu sono e você acorda para ver um céu brilhante, iluminado pela lua. Mal movendo a cabeça,

você olha para a esquerda e para a direita e vê uma sombra se movendo perto de alguns barris amarrados no centro do navio. Não há nenhum sinal da sentinela na ponte e você sente perigo de imediato. Sacando a espada, você avança furtivo para os barris, caminhando agachado. Alguma coisa brilha, refletindo a luz da lua, e, sem nenhum aviso, é de repente arremessada contra você. Você se esquiva por instinto. Role dois dados. Se o resultado for igual ou menor que sua HABILIDADE, vá para 246. Se for maior, vá para 267.

13

Há um barulho alto de metal batendo em metal quando os dois exércitos se encontram. A luta é feroz e sangrenta e, embora em número muito menor, vocês ganham terreno. No centro da batalha, você se vê lutando com um dos maiores trolls de todos, o troll das colinas.

TROLL DAS
COLINAS   HABILIDADE 9   ENERGIA 10

Se vencer, vá para 142.

14

Você é o único desafiante, pois ninguém mais tem vontade de enfrentar Barrigudão. O anão lhe diz que há uma bolsa com 100 peças de ouro para a pessoa que derrotar Barrigudão, e que a taxa de entrada é de 10 peças de ouro. Você paga a taxa e senta à mesa para esperar o retorno do campeão. Outro grito de aclamação parte da multidão quando o homem enorme volta à mesa. Dois outros anões surgem, cada um vestindo roupas de cozinheiro e carregando bandejas com tortas enormes ainda soltando fumaça. Barrigudão senta à mesa e puxa a cadeira para a frente, espremendo o estômago entre a mesa e a cadeira. Uma torta então é colocada à sua frente e você torce o nariz com o aroma misto de peixe e pudim de ovos. Você recebe uma colher de madeira e o anão então grita: "Prontos! Atenção! Vai!". Você enfia a colher na torta e começa a comer.

Para determinar o vencedor, role um dado, some o resultado à sua HABILIDADE e anote o total. Depois, role o dado de novo e some o resultado à habilidade de comer tortas de Barrigudão, que é 13. Anote o resultado também. Role o dado de novo e some o resultado ao seu valor atual e faça o mesmo para Barrigudão. Continue até que o valor de Barrigudão chegue a 40 primeiro (vá para **388**) ou o seu próprio valor chegue a 40 primeiro (**60**).

15

Por uma falha entre os arbustos, você vê a entrada de uma pequena caverna não muito longe da trilha. Se quiser dar uma olhada dentro da caverna, vá para **87**. Se preferir continuar marchando, vá para **181**.

16

A sentinela também consegue vencer seu atacante e agradece-lhe por dar o alarme. Você avisa para ele manter os olhos abertos tanto para a terra quanto para o rio. As outras sentinelas não reportam nada estranho, então você volta ao cobertor para dormir. Vocês continuam marchando de manhã cedo, esperando chegar a Zengis antes do cair da noite. Depois de uma hora e pouco, você encontra um velho vindo na direção contrária. "Você é o tal que vai enfrentar Agglax, não é?", diz ele, corajoso. "Então sugiro que, quando chegar a uma bifurcação no rio, siga o braço que vai para o norte até chegar à aldeia de Garra. Há vários homens das colinas por lá, prontos para se juntar a seu exército". Você agradece ao velho pela informação e aperta o passo para o leste. Depois de uma hora, você chega à bifurcação no rio que o velho comentou. Se quiser seguir pelo braço que vai para o norte, vá para **350**. Se preferir cruzar o novo braço e seguir o rio principal para o leste, vá para **49**.

17

Você faz uma curva no corredor e vê a silhueta de algo bloqueando o caminho. Parece uma forma humana, com mantos cobrindo a cabeça. Quando você se aproxima para dar uma olhada, a figura puxa o capuz, revelando o rosto de uma mulher com serpentes dançando no lugar do cabelo. Mirando os olhos vermelhos dela, você é pego pelo olhar da medusa. Seus membros se enrijecem de imediato e, pouco depois, você não passa de pedra sólida.

18

Você se senta à mesa com os três vagabundos e eles se apresentam como Enk, Laz e Jip. Eles perguntam o que você está fazendo em Zengis. Se quiser contar sobre sua missão, vá para **395**. Se preferir dizer que está em Zengis visitando um primo, vá para **35**.

19

A moça sorri enquanto lhe alcança o prêmio e diz: "Que tal uma gorjeta para uma garota trabalhadora?". Se quiser jogar uma peça de ouro para ela, vá para **347**. Se preferir deixar o salão de jogos, vá para **212**.

20

"Excelente!", diz a voz do oráculo quando você tira o vaso da mochila. "Agora vou fazer uma pergunta, mas vou deixar o destino decidir a dificuldade dela. Deixe-me jogar os dados". *Teste a sorte*. Se for *sortudo*, vá para **341**. Se for *azarado*, vá para **263**.

21

Antes que os salteadores do rio possam se aproximar do seu navio, a catapulta dispara outra bola de fogo. *Teste a sorte*. Se for *sortudo*, vá para **159**. Se for *azarado*, vá para **74**.

22

Quando você entra no estábulo, o muda-formas joga o anão no chão e volta suas garras para você.

MUDA-FORMAS   Habilidade 10 Energia 10.

Se vencer, vá para **361**.

23

A uma distância tão curta, a rocha é mortal. Ela acerta a sua cabeça e você cai entre os outros bravos soldados que morreram para salvar Allansia. Desmoralizado, seu exército foge. Agglax é vitorioso.

24

O goblin cai da sela e desaba no chão, morrendo com o impacto. Uma busca nos bolsos dele revela uma corda de arco e cinco pontas de flecha, que não têm nenhuma utilidade para você, mas você também encontra um pingente de osso com o número "8" inscrito na base. Fique com o pingente se quiser, antes de dar a ordem para marchar para Garra. Vá para **220**.

25

Você segura a corda e deixa o elfo descer pelo buraco escuro, segurando uma tocha entre os dentes. Você observa enquanto ele chega ao chão de uma câmara grande. "Não há nada aqui", diz ele lá de baixo, "exceto pelo fedor horrível de fezes de animais. Há um túnel que sai da caverna, mas não consigo ver para onde ele vai. Quer que eu siga por ele?". Se quiser que o elfo siga pelo túnel, vá para **198**. Se preferir ordenar-lhe que suba de volta pela corda para que vocês possam deixar a clareira, vá para **315**.

26

Você poupa a vida do taverneiro e permite que ele cambaleie até seus amigos. Então você se vira para a multidão e diz: "Estou aqui em busca de guerreiros para se juntar a meu exército e lutar contra o demônio das sombras que traz morte para Allansia. Meu pagamento é de 10 peças de ouro, mas quero apenas os melhores". Em meia hora, quinze guerreiros se alistam; você diz a eles onde devem ir. Eles devem se encontrar com Lexon, que fará os pagamentos (perca 150 peças de ouro de sua *ficha de aventura*). Como não encontra mais ninguém de interesse, você deixa o "Dragão Negro" para ver o que mais pode encontrar em Zengis. Vá para **382**.

27

"Bom, se você não quer visitar o oráculo, não há muitos motivos para ir até as Cavernas das Pedras das Estrelas. Há algum outro lugar aonde você gostaria de ir?". Você responde dizendo que gostaria de atravessar a Floresta dos Demônios. Vá para **319**.

28

Dez dos elfos o acompanham enquanto você se esgueira furtivo pela mata, espada na mão. Agora você consegue ouvir claramente gritos pedindo ajuda, enquanto corre rápido de trás de uma árvore para trás da próxima. De repente, à sua frente você vê uma gaiola suspensa por uma corda, pendurada em um galho. Você vê outra bem perto, com dois braços saindo por entre as grades de madeira. Você conta onze gaiolas no total, cada uma prendendo um homem. Se quiser se revelar aos homens nas gaiolas, vá para **182**. Se preferir recuar silencioso para fora da mata e reunir-se a suas tropas, vá para **143**.

29

Você vinga a morte de suas tropas com um golpe rápido da espada. Você ordena a seus guerreiros que retornem à trilha e continuem a marcha. Vá para **130**.

30

Você paga 100 peças de ouro ao líder dos nortistas e ordena que ele e seus homens subam no navio. Quando vocês partem mais uma vez, o líder caminha na sua direção; apesar do olhar em seus olhos azuis como o gelo, você sente que pode confiar nele. "Meu nome é Laas", ele diz com um sorriso caloroso. "Você me permitiria entregar-lhe um presente?". Se quiser aceitar o presente, vá para **358**. Se preferir recusar com educação, vá para **390**.

31

Você desce pela escada de metal presa na lateral do muro até chegar no esgoto abaixo. O fedor horrível subindo do lodo flutuando devagar quase o faz desistir e ir embora. Olhando esgoto abaixo, você vê o que parece ser a chama serpenteante de uma vela e consegue ouvir o som de uma voz sussurrante. Você está convencido de que deve haver mais goblins do esgoto à frente. Se quiser descer pelo esgoto, vá para **232**. Se preferir voltar pela escada, vá para **300**.

32

"Você não é muito perspicaz, meu amigo", o oráculo informa solenemente. "Sou incapaz de ajudar qualquer um que não seja digno de meus poderes. Adeus". Os olhos do rosto de pedra se fecham de novo e você fica ponderando sobre o que fazer a seguir. Você ouve um rangido às suas costas; virando-

-se para examinar, vê que uma seção da parede está deslizando de novo. Você não tem alternativa a não ser partir pelo túnel que apareceu. Vá para 280.

33
Muitos homens esforçam-se através do pântano para ajudá-lo, atacando o moedor de barro por todos os lados. Mas seu couro é difícil de perfurar e tudo que você pode fazer é se defender. Você percebe que terá de atacar o abdome macio da criatura, então avança com a espada enquanto o moedor de barro se ergue nas patas de trás para atacar alguns anões à esquerda. Role dois dados. Se o total for igual ou menor que sua HABILIDADE, vá para 392. Se for maior, vá para 256.

34
Vinte guerreiros cruzam com segurança antes que você mesmo pise na ponte. Você está quase na metade quando de repente uma corda arrebenta, derrubando todos da ponte rumo à morte no fundo do abismo.

35

"Estranho", diz Enk. "Muitas pessoas parecem vir a Zengis para visitar seus primos. Ninguém nunca parece vir aqui a negócios — não que a gente não acredite em você, nada disso. Onde mora o seu primo? Talvez a gente possa ajudar com algumas indicações". Você vai responder:

Na Rua do Cascalho?	Vá para **92**
Que não é da conta deles?	Vá para **223**
Que você precisa ir?	Vá para **311**

36

"Vamos, siga-me", Thog diz jovialmente, para elevar o moral das tropas. "Não há nada além de algumas árvores e alguns macacos". Aventurando-se pela floresta, a luz do dia vai ficando mais fraca rapidamente, com as grossas copas de árvores acima, e o lugar inteiro está quieto como a morte. "As criaturas estão nos observando", sussurra Thog. "Mas os pequenos ao longo da borda da floresta não nos farão mal. Precisamos nos preocupar é com os que vamos encontrar mais tarde. Vamos direto por aqui para evitar os homens-árvore". Seu exército avança pela floresta, rumo às profundezas mais escuras. Vá para **180**.

37

Seguindo o Capitão Barnock, você lidera seus homens pelas docas onde o *Tucano Voador* está atracado. É um navio velho e, como o capitão, está em condições deploráveis. Mas isso dificilmente o surpreende, pois nada de muito valor costuma sair de Porto Areia Negra. Você ordena a seus homens que subam no navio e paga 50 peças de ouro ao Capitão Barnock (tire-as de sua *ficha de aventura*). O capitão grita as ordens para partir, e você observa a tripulação da ponte enquanto eles recolhem as cordas, sobem pelos cordames e abrem as velas. Vinte minutos depois, Fang já desapareceu da vista e sua jornada está começando. Todos estão animados e até mesmo os elfos e anões esquecem suas diferenças e conversam entre si, unidos por seu desejo de livrar Allansia do demônio das sombras. Na proa você vê um grupo de guerreiros inclinando-se por cima da amurada do navio, observando o rio. Um deles de repente aponta rio acima e grita: "Vejam! Um barril flutuando na nossa direção". Você olha e vê o barril grande, fechado, flutuando pela água. Se quiser ordenar a seus homens que mergulhem para recolher o barril, vá para **145**. Se preferir navegar sem parar, vá para **346**.

38

Você encontra uma trilha apagada que leva na direção norte-sul. Você decide segui-la para o sul e logo chega a uma placa que também aponta para o sul que diz: "Karn — 8 quilômetros". Se quiser continuar para o sul rumo a Karn, vá para **266**. Se preferir rumar na direção sudeste, vá para **331**.

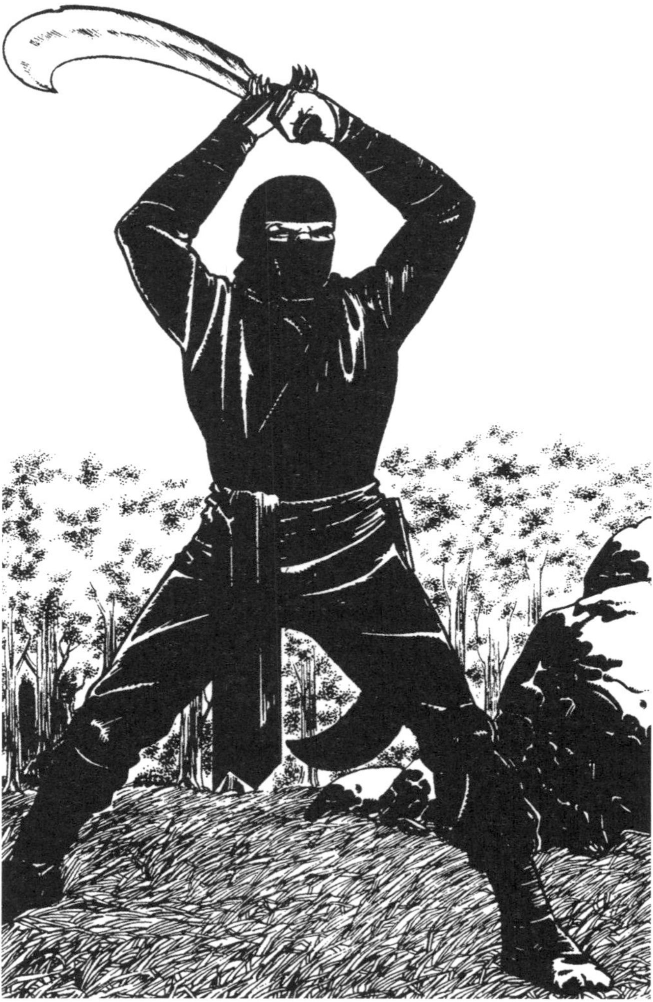

39

Agglax encolhe-se na cadeira quando vê o cristal de luz em suas mãos. Cobrindo o rosto com as mãos, ele de repente salta da cadeira e foge, gritando ordens para um grupo próximo de sua elite de fanáticos vestidos de negro. Um deles bloqueia seu caminho até Agglax; a espada de lâmina curva dele está erguida acima da cabeça, segura com as duas mãos, com o assassino mais do que disposto a morrer para salvar seu mestre. "Tanaka San diz que vocês morrem!", ele grita enquanto dardeja à frente para matá-lo.

FANÁTICO
DE ELITE   Habilidade 10   Energia 10

Se vencer, vá para 254.

40

Você diz ao taverneiro que não tem tempo nem vontade de se fazer de bobo para seus clientes com truques de bêbado, e que você está aqui para contratar guerreiros bravos que desejem lutar contra Agglax, o demônio das sombras. O taverneiro franze as sobrancelhas espessas e negras e de repente se mostra muito interessado no que você está dizendo. "Bom, por que você não me disse isso logo de cara?", diz ele com um sorriso que de repente ilumina sua face. "Conheço todos os melhores guerreiros da cidade e a maioria deles está aqui agora mesmo!". Em meia hora, quinze guerreiros se alistam; você diz a eles onde devem ir para se juntar a seu exército que o espera; eles devem se encontrar com Lexon, que fará os pagamentos (perca 150 peças de ouro de sua *ficha de aventura*). Você finalmente cumprimenta o enorme taverneiro e deixa o "Dragão Negro" para procurar por outras coisas e pessoas de interesse em Zengis. Vá para **382**.

41

Você está de pé no centro do aposento, espada na mão, para enfrentar a guerreira. Sem aviso, ela de repente se joga para frente, cortando para baixo com a espada. Você ergue a espada por instinto para proteger-se do golpe.

MAX   Habilidade 11   Energia 7

Se for o primeiro a acertar um golpe, vá para **195**. Se Max acertar o primeiro golpe, vá para **385**.

42

Beber a Água dos Deuses o salvou de uma morte horrível. O brilho radiante vai se esvaindo devagar e logo você volta ao normal. Você dá uma olhada ao redor da caverna e não encontra nenhuma saída. O rosto de um homem foi esculpido na parede rochosa, com os olhos fechados e a boca aberta. Quando você se aproxima para examiná-lo mais de perto, os olhos se abrem e uma voz profunda retumba da boca, dizendo: "Sou o oráculo. Embora você não seja bem-vindo aqui, admiro sua determinação e esforço. Não importa o quão nobre seja sua causa, você deve pagar pelas respostas. Também farei perguntas. Responda qualquer uma delas de maneira incorreta e pagará com a vida. Começarei os procedimentos, pois sei de tudo. Primeiro, você vai começar a me dar presentes. Você esteve em Zengis recentemente. Espero que tenha tirado um tempo para comprar uma coruja de latão, e preciso saber quanto você pagou por ela". Se tiver uma coruja de latão, tente lembrar de quantas peças de ouro pagou por ela e vá para o parágrafo de número correspondente. Se não tiver uma coruja de latão, vá para **206**.

43
Agora, muitos de seus homens já estão acordados; nenhum deles parece ter se ferido, com exceção da sentinela cuja cabeça está sendo cuidada, tendo sido atacada pelas costas por um salteador noturno. Um homem adicional é colocado de sentinela enquanto todos os outros ajeitam-se para voltar a dormir. Não muito depois do amanhecer, o Capitão Barnock dá a ordem de continuar viagem rio acima. Vá para **188**.

44
"Você está com sorte, meu amigo", continua o oráculo. "Mas sou muito ambicioso e quero mais alguma coisa. Você tem um vaso verde que poderia me dar?". Se tiver um vaso verde e conseguir se lembrar de quantas peças de ouro ele custou, vá para a referência de mesmo número. Se não tiver um vaso verde, vá para **297**.

45

O anel serve no dedo e você olha espantado quando o punho cerrado começa a abrir devagar. Brilhando no centro da mão de pedra há um bonito cristal. Os lábios do rei de repente abrem e uma voz retumba: "Eu lhe dou o cristal de luz!". Você pega o cristal e corre de volta para as tropas que o esperam, completamente animado. Depois de mostrar-lhes o tesouro, vocês marcham pela trilha. Vá para **130**.

46

A chave gira e você ouve um clique baixo. Você então ouve um sibilo e inala um pouco do gás que está escapando da fechadura. Trata-se de um veneno mortal e você desaba no chão, agarrando a garganta e tentando respirar. Sua missão acabou.

47

"Tenho certeza que este corvo será uma ótima companhia. Seu nome é Billy e ele até compreende as palavras do idioma orc. Dez peças de ouro é um ótimo preço por ele". Se quiser comprar o corvo, vá para **245**. Se preferir deixar a loja, vá para **218**.

48

Um calafrio corre por sua espinha enquanto você avança por entre as lanças. No centro da clareira você encontra um monte de terra recém revirada e uma pá. Se quiser cavar no monte de terra, vá para **98**. Se preferir continuar caminhando, vá para **315**.

49

O resto do dia passa sem nenhum incidente e, quando a luz começa sumir, você dá a ordem para preparar um acampamento em um ponto defensável a não mais de vinte quilômetros de distância de Zengis. Enquanto se ajeita para dormir, depois de ter jantado coelho cozido, sua mente repassa os eventos do dia, mas em segundos você pega no sono. Se estiver usando um amuleto de besouro no pescoço, vá para **128**. Se não estiver usando este amuleto, vá para **279**.

50

Cedo no outro dia você acorda seus homens e logo vocês estão marchando para o sudeste. No final da tarde você vê uma fila de colinas ao longe. "As Cavernas das Pedras das Estrelas", diz um homem de Zengis. Você chega antes do anoitecer e decide entrar sozinho. Com uma vela em uma mão e a espada na outra, você adentra na caverna enorme e escura. Vá para **219**.

51

Ninguém tem beladona. Uma hora depois você está tremendo incontrolavelmente com uma febre horrível. Começam a nascer pelos em seus braços e bochechas, e seu rosto começa a se transformar até parecer com o do lobisomem que o mordeu. Observando horrorizados, seus soldados tomam a angustiante decisão de acabar com seu sofrimento. Com o líder morto o moral se vai, e seu exército então abandona a cruzada contra Agglax.

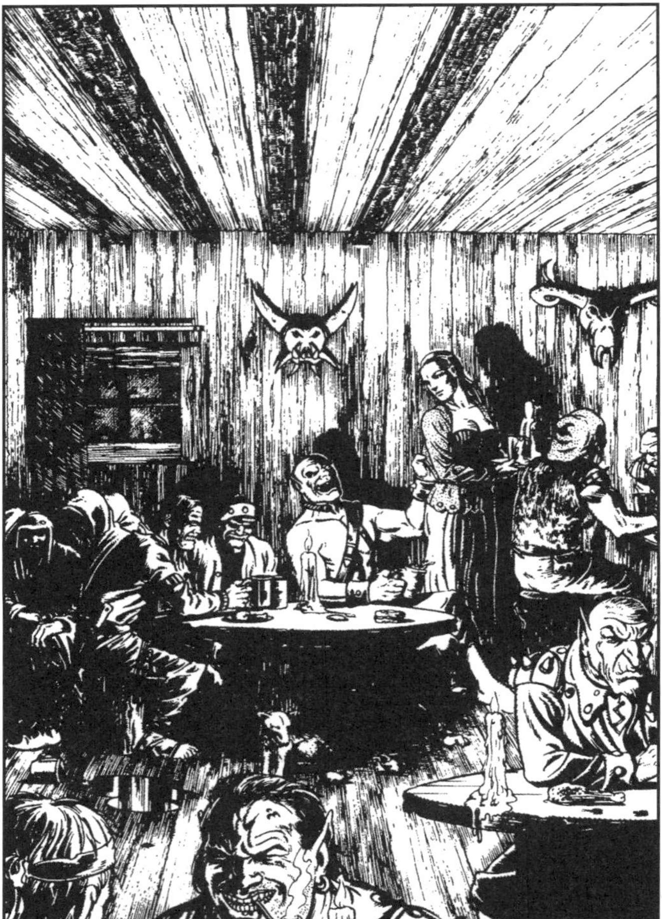

52

Dois minutos depois, você vê uma tabuleta torta pendurada sobre a porta de um prédio velho. O desenho tosco de um dragão está pintado nela, acima das palavras "Dragão Negro". Há muitas risadas e gritaria vindo de dentro da taverna e você decide entrar. Você sobe alguns degraus bastante usados e empurra a pesada porta de carvalho. Embora seja dia, a taverna está escura do lado de dentro e há velas acesas, pois as janelas pequenas e sujas não permitem a entrada de muita luz. Da entrada você vê que a taverna está agitada, embora ninguém pareça muito amigável. Grupos de vagabundos encapuzados estão sentados em cantos escuros, enquanto ladinos animados, de comportamento ainda pior devido a toda a cerveja que já beberam, estão sentados no meio da taverna, insultando todos que passam por eles, incluindo as garçonetes que precisam se espremer entre as mesas carregando as bandejas cheias. Você olha de mesa em mesa, decidindo onde sentar. Você vai:

Sentar-se ao bar?	Vá para **197**
Sentar com um ladino bêbado?	Vá para **378**
Sentar-se com três vagabundos?	Vá para **18**

53

Você logo chega a um beco sem saída e, sentindo perigo, vira-se e corre. Mas antes que você possa alcançar a entrada da boca, um dente de pedra do teto desliza para bloquear a saída. Preso dentro do túnel, a morte por inanição o espera.

54

Meia hora depois de comer as maçãs, alguns dos soldados começam a ficar doentes, você entre eles. Perca 2 pontos de ENERGIA e 1 de HABILIDADE. Sua saúde começa a deteriorar-se rápido, e dois deles morrem. Antes do fim do dia, cinco estão mortos. Faça as deduções apropriadas em sua *ficha de aventura* e também perca 1 ponto de SORTE. Você se arrepende da decisão de dar as maçãs para seus homens e resolve não se deixar distrair de seu objetivo principal no futuro. Vá para **209**.

55

O servo de Agglax jaz imóvel no chão, sua espada tendo penetrado no único ponto macio de seu corpo, uma pequena seção do estômago duro como pedra. Satisfeito que o homem de pedra não continuará lutando pelo lado do mal de novo, você dá a ordem para continuar a marcha. Vá para **114**.

56

Sem saber se tomou a decisão correta ao confiar no vagabundo, você entrega as 100 peças de ouro. Laz tira um mapa de dentro dos mantos e coloca-o sobre a mesa. Zengis está bem no meio, e para o sul está marcada a vila de Karn. Mais para o sudeste ficam as Cavernas das Pedras das Estrelas. Para o leste de Zengis fica a Floresta dos Demônios, que começa onde o Rio Kok se bifurca e corre para o leste, quase na borda do mapa. Laz pega um lápis e marca uma cruz grande na borda do mapa, bem onde termina a Floresta dos Demônios. "É aqui que você vai encontrá-lo", diz Laz. Você guarda o mapa no bolso de sua túnica. "Sua única esperança de derrotar Agglax reside em visitar o oráculo", sussurra Jip. "Mas se o oráculo vai falar com você ou não é outro problema. Depende do humor dele e dos presentes você lhe trouxer. Você vai encontrá-lo nas Cavernas das Pedras das Estrelas". Você agradece aos vagabundos pela informação e sai da taverna para explorar Zengis um pouco mais, perguntando-se quem é o oráculo. Vá para **382**.

57

"Então você é apenas outro tolo que deseja ver o oráculo, é isso?". Se decidir responder "Sim", vá para **144**. Se preferir responder "Não", vá para **27**.

58

Você de repente vê uma sacola suja escondida entre o capim. Você abre caminho com a espada e, para sua surpresa e alegria, encontra 10 peças de ouro na sacola. Você grita animado para seus homens, dizendo-lhes que está na hora de continuar, e em dez minutos vocês estão marchando mais uma vez. Vá para 274.

59

Com os números diminuindo a cada minuto que passa, suas tropas perdem o moral por completo. A apenas alguns metros de distância das linhas inimigas, eles viram e fogem desordenadamente. Você grita para eles ficarem e lutarem, mas não consegue evitar que eles fujam. Quando isso acontece, várias mãos o agarram e você é levado acorrentado até Agglax, para ser executado.

60

A multidão fica em silêncio quando você deixa cair a colher na tigela vazia em sinal de vitória. Barrigudão, com a boca cheia de torta, derruba a tigela de torta da mesa, quebrando-a para mostrar a irritação. Balançando a cabeça incrédulo, o anão lhe entrega a bolsa com 100 peças de ouro. Se quiser subir na mesa e fazer um discurso sobre Agglax e sobre seu desejo de contratar dez guerreiros em troca do ouro que acabou de ganhar, vá para **165**. Se preferir ir embora com o ouro, vá para **95**.

61

Você balança a cabeça e consegue recuperar o equilíbrio a tempo de ouvir uma gargalhada alta do taverneiro atrás de você. Você desaba em uma cadeira na mesa mais próxima de você, meio abalado pela bebida. Perca 1 ponto de ENERGIA. Role um dado. Se o resultado for 1 a 3, você se encontra sentado com um ladino bêbado (vá para **378**). Se for 4 a 6, você se encontra sentado com três vagabundos (vá para **18**).

62

Outro goblin o vê avançar para o guerreiro preparado para a batalha. Reconhecendo-o como o líder, o goblin aponta a besta na sua direção, mira com cuidado e então dispara. Se tiver contratado os Saqueadores de Max em Zengis, vá para **153**. Se não tiver contratado os homens da guerreira, vá para **339**.

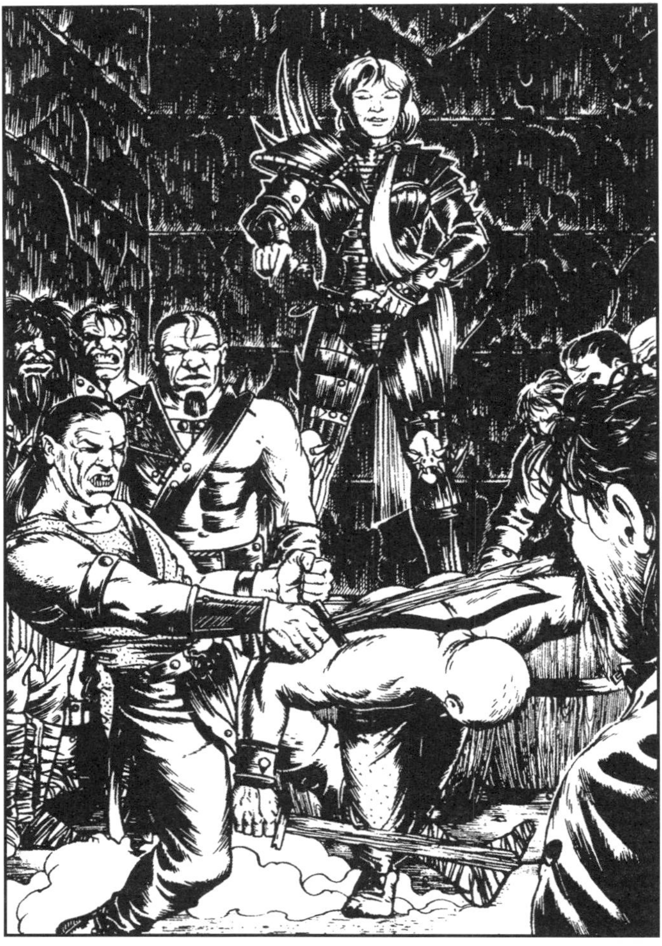

63

A porta da rua dá para um aposento único, no centro do qual dois homens estão praticando esgrima com espadas de madeira. São observados por sete outros homens. No fundo do aposento, uma loira estonteante trajando armadura de couro grita instruções para os dois combatentes. "Parem!", ela grita de repente. "Descansem enquanto eu vejo o que o forasteiro quer". Ela caminha até você e diz: "Sou Max e esses são os meus garotos. Quer se juntar a eles ou contratá-los?". Você responde que pode estar interessado em contratá-los. "Meus garotos são os melhores. Duzentas peças de ouro e todos os dez são seus". Você vai:

Pagar a Max o preço que ela pede?	Vá para 124
Negociar o preço?	Vá para 255
Recusar-se a pagar e ir embora?	Vá para 314

64

O guarda grita para você parar, mas você corre tanto quanto pode, mantendo um olho aberto para uma taverna à qual você avança. Vá para 52.

65

A rua faz uma curva fechada para a esquerda e você logo se vê de volta aos portões principais de entrada de Zengis. Lembrando-se de sua promessa a Lexon, você decide voltar ao exército que lhe espera. Vá para 113.

66

Você consegue libertar uma das mãos e golpeia a fera brutal no pé com sua espada. Ela ruge de dor e, meio segundo depois, você está livre e de pé. Você agora tem uma chance melhor de lutar contra esse devorador de carne.

URSO NANDI   HABILIDADE 9   ENERGIA 11

Se vencer, vá para 362.

67

O ágil homem das colinas de repente faz seu movimento e, antes que você tenha tempo de reagir, você é derrubado por uma voadora com os dois pés. Você cai de cara no chão e sente uma dor cortante nos braços quando eles são torcidos às suas costas em um apresamento firme. Você tenta se libertar, mas lutar apenas aumenta a dor e você é obrigado a se entregar a Vine. Vá para 213.

68

Você chega a uma clareira ampla na floresta, onde há uma enorme rocha. A clareira está coberta de ossos e a rocha está manchada de sangue seco. Se quiser esperar com seu exército na borda da clareira para ver se alguém ou alguma coisa vai voltar para cá, vá para **252**. Se preferir atravessar a clareira, vá para **312**.

69

Dez de seus guerreiros caem vítimas das moscas arpão, seus corpos servindo de alimento nas semanas por vir para as larvas que vão chocar dentro deles. As moscas arpão acabam indo embora e você conduz seus homens desanimados de volta ao navio. Perca 1 ponto de SORTE. O Capitão Barnock percebe que você não está com ânimo para um bate-papo matinal e dá as ordens para o navio continuar rio acima. Vá para **188**.

70

O lobisomem vê seu amuleto e congela, ficando imóvel onde está, duro de medo. Sem nenhuma luta, você acaba com o lobisomem com apenas um golpe da espada. Mas você vê que a sentinela está morta. O resto da noite passa sem qualquer incidente e de manhã você conduz seu exército para fora da floresta, para uma nova planície. Vá para **323**.

71

O taverneiro olha para você com assombro, então pega um porrete de madeira de trás do balcão. Ele salta para a frente do bar, gritando: "Vou ensinar uma lição a esse jovenzinho". Você se levanta do banco e saca a espada para enfrentar o enorme bruto enquanto a multidão se amontoa ao redor para ver a luta. "Acabe com ele, Gordo!", grita uma voz na multidão. "Rápido, Gordo, preciso de mais uma bebida!", ruge outra voz. Então a luta tem início.

TAVERNEIRO   HABILIDADE 9   ENERGIA 7

Se você for o primeiro a vencer três rodadas de combate, vá para **26**. Se o taverneiro for o primeiro a vencer três rodadas de combate, vá para **227**.

72

Mais meia hora passa e a paralisia começa a perder a força. A sensação começa a voltar a seus membros e você logo é capaz de se mover livremente. Vá para **284**.

73

Você ergue seu escudo rápido para bloquear o dardo. O glob se vira para fugir e desaparece entre os arbustos. Se quiser persegui-lo, vá para **171**. Se preferir chamar suas tropas de volta à trilha e continuar marchando, vá para **130**.

74

A bola de fogo atinge o mastro principal, que desaba sobre o convés, matando cinco de seus homens.

Dois anões se movem rápido para apagar a bola de fogo com cobertores molhados, evitando um incêndio a bordo. Vá para **192**.

75

Enquanto seus guerreiros se recuperam, você pondera que planos Agglax está tramando; em algum ponto além da Floresta dos Demônios ele espera por você e seu exército. Quando seus guerreiros estão finalmente bem o suficiente para continuar marchando, você decide ir direto para Agglax, então vira seu exército para o leste, rumo à Floresta dos Demônios. Depois de cruzar um dos afluentes que alimentam o Rio Kok, você chega à borda da sombria floresta. Árvores negras e retorcidas crescem alto, formando uma muralha ameaçadora; um sussurro de incerteza corre entre as fileiras de seu exército. Você quebra o silêncio gritando ordens para marchar para dentro da floresta; a luz do dia rapidamente se vai debaixo das grossas copas das árvores acima. Só os guinchos estridentes de macacos assustados quebram o silêncio da floresta às vezes. Depois de meia hora, um batedor reporta que avistou um grupo de cabanas de madeira, quase escondidas pela vegetação alta. Se quiser ir com dez homens à aldeia, vá para **238**. Se preferir continuar marchando com seu exército, vá para **180**.

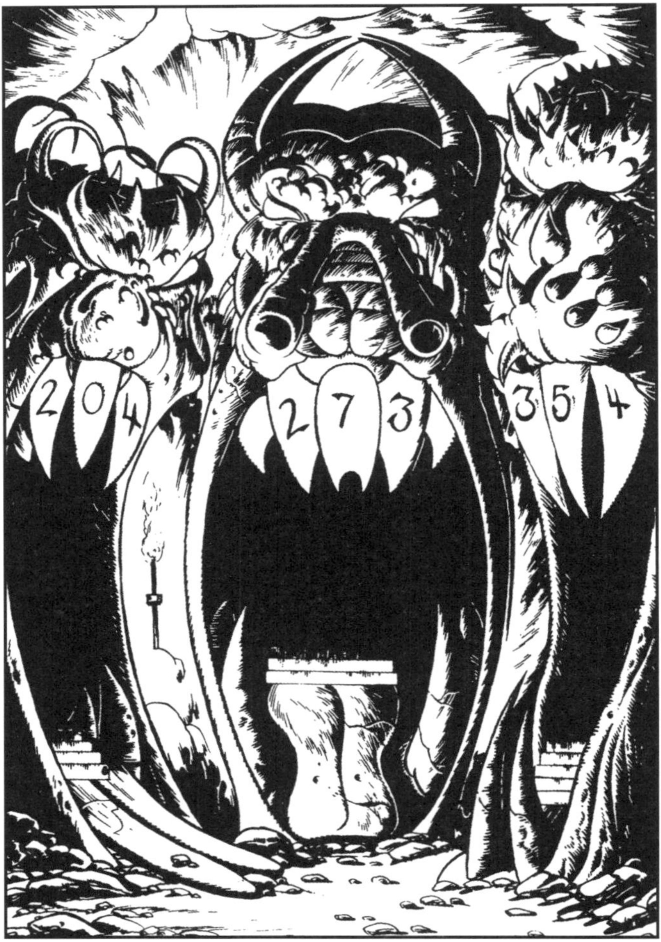
204
273
354

76

O corredor dá para outra caverna, embora esta esteja completamente vazia. Entretanto, você pode escolher por onde sair. Na parede do outro lado você vê as bocas de três túneis, cada uma esculpida para parecer a boca de uma estranha criatura que você nunca viu. Você percebe que três dos dentes na mandíbula superior de cada uma das cabeças esculpidas trazem números entalhados. Escolha o túnel que quiser e vá para o parágrafo de mesmo número.

77

A velha porta de madeira é rígida e você tem de bater com o ombro nela para abri-la. Quando a porta abre, você ouve o grito penetrante de uma voz feminina e fica surpreso com o que vê. Uma jovem elfa está amarrada sobre uma mesa, que está aparafusada ao chão no centro da cabana repleta de palha. Dois metros acima do estômago da elfa há uma espada pendurada, suspensa por apenas um barbante de algodão, amarrado na ponta de uma estaca de ferro; esta se projeta na horizontal de uma trave de madeira levando para um buraco nas fracas tábuas do chão. "Não se mova!", grita a elfa. "Uma das tábuas do chão vai soltar a espada caso você pise nela". Você precisa decidir se vai ou não salvar a elfa. Você vai:

Correr e agarrar a espada?	Vá para **154**
Jogar sua mochila na espada?	Vá para **205**
Deixar a elfa e ir embora?	Vá para **320**

78

Você desce a rua rápido, antes de atrair a atenção de mais alguém. Você sente alguma coisa grande dentro da roupa e lembra da bolsa de couro. Você a pega e desamarra a corda que a mantém fechada. Virando-a de cabeça para baixo, você esvazia o conteúdo em sua mão e fica chocado ao descobrir um escorpião na palma de sua mão. *Teste a sorte*. Se for *sortudo*, vá para **253**. Se for *azarado*, vá para **240**.

79

Sentindo que você está com problemas, Agglax se prepara para seu momento de triunfo. Vá para **301**.

80

A mosca varejeira hesita por um segundo antes de partir para a geleia que você escolheu. Some 1 ponto de Sorte. O homem abre o broche e o alcança para você sem dizer uma palavra sequer, seu rosto sem expressão. Você examina o belo broche, que mostra um dragão cuspindo fogo. Você o vira e descobre o número "89" riscado na parte de trás. Você memoriza o número e prende o broche em sua túnica. Se quiser perguntar ao ladino seu nome, vá para **3**. Se preferir deixá-lo em paz e avançar para a outra mesa para sentar com os três vagabundos, vá para **18**.

81

"Desculpe", diz ele. "Eu falo demais, não é?". Ele lhe alcança a chave e você sobe as escadas para o seu quarto. Vá para **376**.

82

Você vinga a morte de suas tropas com um movimento rápido da espada. Você desce da árvore e ordena a seus guerreiros que voltem à trilha e continuem marchando. Vá para **130**.

83

Cinco de seus guerreiros caem vítimas das moscas arpão, seus corpos servindo de alimento nas semanas por vir para as larvas que vão chocar dentro deles. As moscas arpão acabam indo embora e você conduz seus homens desanimados de volta ao navio. Perca 1 ponto de SORTE. O Capitão Barnock não perde tempo e faz o navio partir direto rio acima, sentindo seu desejo de ir embora deste lugar amaldiçoado. Vá para **188**.

84

O exército marcha para o leste ao longo da margem do Rio Kok até alcançar uma grande divisão. À sua frente se ergue uma muralha de árvores negras e retorcidas: a sinistra Floresta dos Demônios. Você marcha para o norte por um tempo até chegar a uma parte segura para cruzar o afluente. Há muitos sussurros entre suas fileiras enquanto marcham para dentro da floresta, quando a luz do dia rapidamente se vai debaixo das grossas copas das árvores acima. Só os guinchos estridentes de macacos assustados às vezes quebram o estranho silêncio da floresta. À medida que vocês penetram mais fundo, as árvores se tornam mais densas, e seu exército demora para passar por entre elas. Se quiser apertar o passo, vá para **155**. Se quiser enviar um batedor para procurar um caminho mais fácil por entre a floresta, vá para **120**.

85

O chão do túnel vai ficando mais íngreme, e o caminhar vai se tornando um esforço cada vez maior. Mas suas pernas de repente parecem cheias de velocidade quando você vê um facho de luz branca à frente. O ar parece mais fresco; você logo está fora da caverna e sob a luz do dia a apenas cem metros de seus homens. Eles estão sentados em um círculo, esperando pacientes que você apareça da caverna que entrou não muito tempo atrás. Você chama por eles e corre para onde eles estão sentados para lhes contar de sua aventura subterrânea. Você decide retornar a seu exército sem mais delongas.

Mas a jornada de retorno começa com um encontro nada agradável. Você vê uma nuvem de pó se aproximando e logo ouve o som de cascos galopando. Dez centauros hostis investem em carga contra você. Você deve lutar uma *escaramuça*. Se vencer, vá para **299**.

86

Assim que suas espadas são sacadas, quinze homens das colinas aparecem do nada. Vestindo o couro de animais e armados com machados e porretes de madeira, os homens de cabelo comprido avançam correndo na sua direção com as pernas musculosas, gritando com vontade. Você deve lutar uma *escaramuça*. Se vencer, vá para **340**.

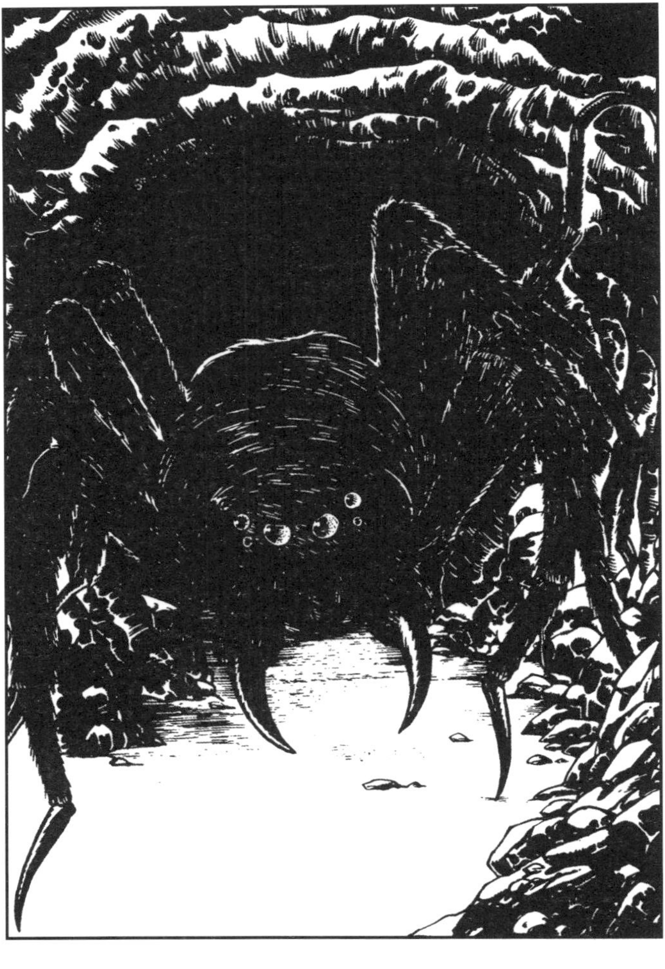

87

Assim que você adentra a penumbra da caverna, suas pernas roçam em alguns fios pegajosos. Como se um alarme tivesse soado, uma enorme aranha peluda rasteja para fora das profundezas da caverna para enlaçar a vítima que acredita ter invadido seu covil. Você precisa lutar por sua vida.

ARANHA
GIGANTE   HABILIDADE 7   ENERGIA 8

Se vencer, vá para **275**.

88

Você ouve um farfalhar vindo de arbustos densos às suas costas e de repente dez enormes criaturas parecidas com goblins saltam brandindo machados. Com quase dois metros e meio de altura, os garks de pele marrom avançam para atacar. Você precisa lutar uma *escaramuça*. Se vencer, vá para **259**.

89

"Muito obrigado", diz o oráculo. "E agora, como posso ajudá-lo?". Você explica que acredita que ele pode ajudá-lo a vencer Agglax, e pergunta se isso é verdade. "Então você deseja destruir o demônio das sombras? Que bom que você tem um exército consigo, pois nunca conseguiria alcançar Agglax sozinho. Suas forças são grandes demais para passar despercebido por elas. Você precisa abrir caminho até ele lutando. Você vai encontrar uma trilha de destruição a leste da Floresta dos Demônios. Siga essa trilha e você logo vai alcançar o exército da morte do demônio das sombras. Mesmo que destrua o exército dele, Agglax lutará sozinho. Suas armas não podem feri-lo. Apenas uma magia do vazio pode obliterar o demônio. Você precisa encontrar o cristal de luz. Quando estiver a menos de dois metros de Agglax, segure o cristal com ambas as mãos e diga 'Três, dois, um — vá'. É assim que você vai livrar estas terras do demônio das sombras. Adeus e boa sorte". Os olhos do rosto de pedra se fecham e você ouve um rangido às suas costas. Olhando ao redor, você vê que uma seção da parede está deslizando. Confiante, você avança pelo túnel que se revela. Vá para **280**.

90

Você não aciona a soltura da espada e consegue pegá-la e jogá-la de lado. A elfa começa a chorar aliviada quando você corta as cordas que a prendem. "Obrigada", geme ela. "Obrigada por salvar minha vida". Ela então tira um anel do dedo e diz: "Por favor, fique com este anel como um símbolo de minha gratidão. Ele vai trazer-lhe boa sorte". Se quiser ficar com o anel, vá para **270**. Se preferir recusar o presente educadamente, pegar sua mochila e voltar a seus homens do lado de fora, vá para **211**.

91

Seus anões lutam valorosamente contra os guerreiros do caos, mas estão em franca desvantagem. Recusando-se a ceder terreno, eles se postam firmes e lutam até que os últimos dois deles fiquem de costas um para o outro contra seus fanáticos adversários. Então um deles cai com o golpe de uma maça com cravos e o outro é perfurado por uma lança nas costas. Seus ouvidos doem com os gritos atormentados dos vitoriosos guerreiros do caos. Você grita novas ordens de batalha, esperando que os guerreiros do caos ataquem, mas eles se viram e trotam de volta às suas linhas. Você decide que o ataque é a melhor defesa e dá ordens para seu exército marchar contra a linha de frente dos trolls. Vá para **178**.

92

"Rua do Cascalho?", continua Enk. "É bem perto da rua onde eu moro. Nós vamos levá-lo lá". Incapaz de pensar em uma boa desculpa, você concorda. Você os segue para fora da taverna, caminha pela rua por cinco minutos, então vira à direita em um beco. Os três homens de repente param e viram, suas mãos segurando adagas. "Rua do Cascalho! Não há Rua do Cascalho em Zengis", diz Enk, alegre. "Vamos pegar o forasteiro, rapazes; os bolsos dele parecem estar abarrotados de ouro!". Você saca a espada rápido enquanto os três vagabundos descem sobre você. Lute com um de cada vez.

	HABILIDADE	ENERGIA
ENK	8	7
LAZ	7	7
JIP	7	8

Se vencer, vá para **133**.

93

A chave gira e você ouve um clique baixo. Com um rangido áspero, a rocha desliza para dentro da parede e você pode seguir pela passagem. Entretanto, ela logo termina em outra bifurcação. Se quiser seguir para a esquerda, vá para 235. Se preferir ir para a direita, vá para 381.

94

O guerreiro deixa o homem para ser levado pela corrente até o mar e o túmulo de água. Ele nada de volta ao navio e logo vocês continuam a viagem. Vá para 234.

95

À sua esquerda você vê um beco, no fundo do qual há uma pilha de barris. Se quiser entrar no beco para investigar, vá para 352. Se preferir subir a rua, vá para 177.

96

Você chega a uma parte mais estreita do abismo, onde um enorme pedaço de rocha foi colocado como se fosse uma ponte. Se quiser que seu exército atravesse a ponte, vá para 138. Se preferir continuar marchando, vá para 310.

97

Você é consumido pela bola de fogo antes mesmo que suas tropas possam alcançá-lo.

98

O buraco que você está cavando já tem um metro de profundidade quando sua pá bate em alguma coisa de metal. Você tira a terra, revelando um pedaço grande de ferro. Se quiser continuar cavando, vá para **184**. Se preferir encher o buraco de novo e deixar a clareira, vá para **315**.

99

"Você disse as Cavernas da Pedra da Lua? Sim, já estive lá. Lugarzinho perigoso, cheio de armadilhas. Elas foram colocadas lá pelo oráculo, que odeia visitantes. Mas ele fala com a maioria das pessoas que puderem sobreviver às suas armadilhas e alcançarem o santuário interno. Entenda; trata-se de um desafio. Ele odeia perder tempo. Só perde tempo com pessoas que *realmente* precisam dele, mas assim mesmo ele vai querer alguns presentes, dependendo da informação que você procura. Sugiro que consiga um guia. Vá para Karn. É o único lugar onde você vai encontrar um". Você agradece ao caçador de recompensas e volta com ele pelo túnel. Deixando-o para recolher provas da morte dos goblins do esgoto, você pondera sobre o que fazer a seguir. Se ainda não tiver feito isso, você pode investigar os barris (vá para **137**) ou voltar pelo beco e virar à esquerda na rua (vá para **177**).

1
2
3
4
5
6
7
8
9
10
11
12
13
14
15
16
17
18
19
20
21
22
23
24
25
26
27
28
29
30
31
32
33
34
35
36

100

Você entra em um salão abarrotado de gente, repleto de mesas de jogo e apostadores vorazes. O lugar inteiro está animado. Você observa uma garota girar uma enorme roda da fortuna e ouvir os rugidos e aclamações das pessoas ao redor dela quando o número 33 finalmente para na lingueta. Você observa algumas mãos de cartas em várias mesas, mas finalmente decide jogar uma partida de "alto-baixo". A garota segurando os dados lhe explica o jogo. Você deve jogar dois dados, mas antes de fazê-lo deve adivinhar se o resultado rolado será "alto" (8 a 12) ou "baixo" (2 a 6). O número 7 significa derrota. Ela explica que você pode apostar até 50 peças de ouro e ela lhe pagará o mesmo valor caso você adivinhe corretamente. Se quiser apostar uma vez, vá para **19**. Se perder, vá para **173**.

101

Enquanto pega o machado dele, você vê uma bolsa de couro no cinto do homem com o machado;

antes que você possa abri-la, você vê dois guardas da cidade subindo a rua correndo na sua direção. Se quiser abrir a bolsa de couro e arriscar ser preso, vá para **281**. Se preferir fugir apenas com o anel de ouro, vá para **64**.

102

A rua faz uma curva fechada para a esquerda, então para a esquerda de novo e você logo se vê de volta aos portões principais da entrada de Zengis. Lembrando de sua promessa para Lexon, você decide voltar ao exército que lhe espera. Vá para **113**.

103

Você luta tanto quanto pode, mas não consegue escapar do abraço do Urso Nandi. A fera brutal rasga sua garganta até você estar morto e então começa seu tão aguardado banquete. Sua missão acabou.

104

Dez minutos depois de retornar ao seu exército, você dá a ordem para continuar marchado. Depois de cruzar o rio em um ponto mais estreito, vocês viram na direção sudeste rumo a Zengis. Vá para **49**.

105

A adaga perfura seu coração e você cai de joelhos, segurando o peito. Seus últimos pensamentos são sobre sua estupidez em disparar a armadilha.

106

Quarenta de seus valorosos soldados jazem mortos ou moribundos no campo de batalha (perca essa quantidade do tamanho de seu exército na *ficha de aventura*). Os trolls estão tentando fazer os bravos sobreviventes recuarem, enquanto goblins e orcs atacam os flancos sem piedade. Enlouquecidos pela batalha, alguns dos goblins e orcs na retaguarda estão lutando entre si, tão ansiosos que estão para sentir o clamor do aço. À sua direita você vê um guerreiro sendo atacado de ambos os lados por dois goblins. À sua esquerda, outro guerreiro está sendo golpeado por um troll das colinas. Se quiser ajudar o guerreiro à esquerda, vá para **269**. Se quiser ajudar o guerreiro à direita, vá para **62**.

107
O barril acerta a água com um chapinhar e logo flutua para longe da vista. Vá para **209**.

108
"Não mexa em nenhuma pedra da próxima vez que me visitar. Hoje, você não tem conhecimento suficiente e assim eu sou incapaz de ajudá-lo. Adeus", diz o oráculo solenemente. Os olhos da cabeça de pedra se fecham mais uma vez e você é deixado para ponderar sobre o que fazer a seguir. Você ouve um rangido áspero atrás de você; virando-se para examinar, você vê uma parte da parede deslizando. Você não tem alternativa além de seguir pelo túnel que acabou de surgir. Vá para **280**.

109

Duas flechas atingem seus alvos, uma delas afunda no abdome macio do wyvern, a outra atinge o goblin nas costas. Ele cai da sela enquanto o wyvern continua a ganhar altitude apesar do ferimento. *Teste a sorte*. Se for *sortudo*, vá para **24**. Se for *azarado*, vá para **135**.

110

Os homens-rato não têm nenhum tesouro e, depois de se livrar de seus corpos, você se ajeita para dormir, embora um pouco preocupado. Vá para **50**.

111

O saltador faz vários sinais peculiares com as mãozinhas pequenas enquanto produz um estranho som no fundo da garganta. De repente, você fica invisível. Você toca as mãos umas nas outras, mas não consegue vê-las. Poucos minutos depois, você volta a ficar visível.

"Só mais uma coisa", diz o oráculo de maneira frustrante, "Preciso de um broche de ouro. Minha filha diz que precisa de um — embora eu não consiga entender por quê, pois ela tem noventa e oito anos de idade. Então, se puder me dar um broche de ouro, eu poderei ajudá-lo". Se tiver um, vá para o número marcado nele. Se não tiver, vá para **297**.

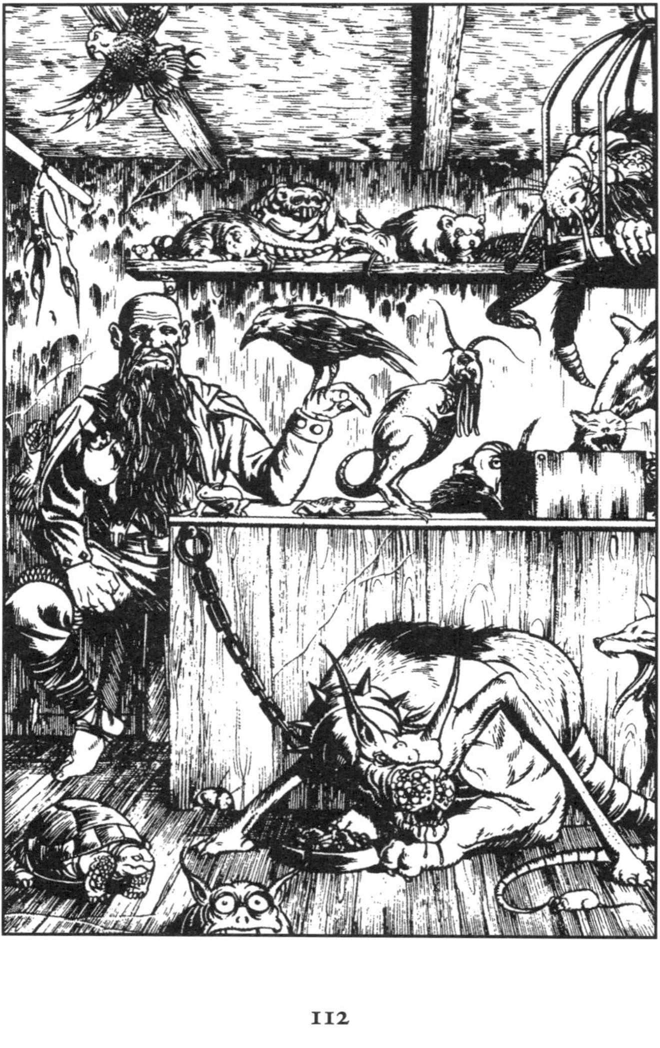

Quando você abre a porta, um pequeno sino de latão soa acima da sua cabeça. Um velhinho magro e barbudo, sentado em um banquinho atrás de um balcão de madeira, está falando com um enorme corvo, empoleirado em sua mão. "Quem é o feioso, hein?", grasna o corvo em resposta, para a sua surpresa. O velho parece indiferente com a sua entrada; você dá uma olhada pela loja e vê vários animais pequenos — gatos, pássaros e pequenos roedores —, e também outras criaturas, mais estranhas. Uma delas está sentada nas duas patas de trás como um canguru, mas tem menos de sessenta centímetros de altura, é verde e não tem pelos. Outra se trata de uma pequena criatura alada, com pele de couro na cor âmbar; parece feliz de voar de um lado da loja para o outro. Outras criaturas são igualmente estranhas e você as está observando com espanto quando o velho de repente diz: "Está fascinado pelos meus bichinhos de estimação, não é? Tem interesse em comprar algum deles? Tenho tanto animais domésticos quanto familiares que sabem falar. Alguns são especiais de verdade e podem conjurar algumas magias. Você me parece um aventureiro, então suponho que talvez precise de um familiar. Gostaria de comprar um familiar capaz de falar como meu corvo aqui (vá para **47**), ou gostaria de uma criatura especial (vá para **369**)?".

113

Você chega ao acampamento antes do meio-dia e é recebido com entusiasmo. Você dá a ordem para marchar. Se quiser cruzar o Rio Kok e marchar para o sul, vá para **262**. Se preferir marchar para o leste rumo à Floresta dos Demônios, vá para **84**.

114

Você chega a um longo e profundo abismo que é escarpado demais para descer escalando e largo demais para saltar. Se quiser seguir o abismo para o norte, vá para **241**. Se preferir rumar ao longo dele para o sul, vá para **327**.

115

Duas horas depois você vê um bosque cem metros para o norte. Os arqueiros élficos de repente param e voltam a cabeça para a mata, seus sentidos aguçados obviamente cientes de que algo está acontecendo. Um dos elfos se aproxima de você e diz: "Podemos ouvir os gritos de vários homens chamando por socorro vindo de dentro da floresta". Se quiser verificar quem está gritando por socorro, vá para **28**. Se preferir continuar marchando, vá para **295**.

116

O virote da besta passa por sua orelha esquerda, atingindo a parede do túnel atrás de você. Continuando a caminhar, você logo chega a um beco sem saída e encontra a besta da qual o virote foi disparado.

Não parece haver como continuar, então você não tem alternativa a não ser voltar pelo túnel e entrar na outra seção. Vá para **85**.

117

Você se vê agarrando o ar quando o ágil homem das colinas salta. Você cai pesadamente no chão e, antes que possa entender o que está acontecendo, seus braços são torcidos às suas costas em um apresamento doloroso. Você tenta com todas as forças se libertar, mas, quanto mais luta, mais dói. Você fica sem opção a não ser se entregar. Vá para **213**.

118

Brandindo as espadas flamejantes no ar, os cavaleiros brancos destroem os guerreiros do caos apesar da desvantagem. Quando são reduzidos à metade de seus números, os guerreiros do caos fogem. Aproveitando a oportunidade, você ordena ao resto de seu exército que se junte aos cavaleiros e marchem para a linha de frente dos trolls. Vá para **178**.

119

Um guerreiro se joga na água e nada até o tronco. "Ele está morto", grita o guerreiro. "E há uma faca de orc cravada no estômago dele. Também há uma chave de ouro pendurada no pescoço dele em um pedaço de barbante. Devo pegá-la?". Se quiser a chave, vá para **318**. Se preferir deixar o homem e a chave em paz, vá para **94**.

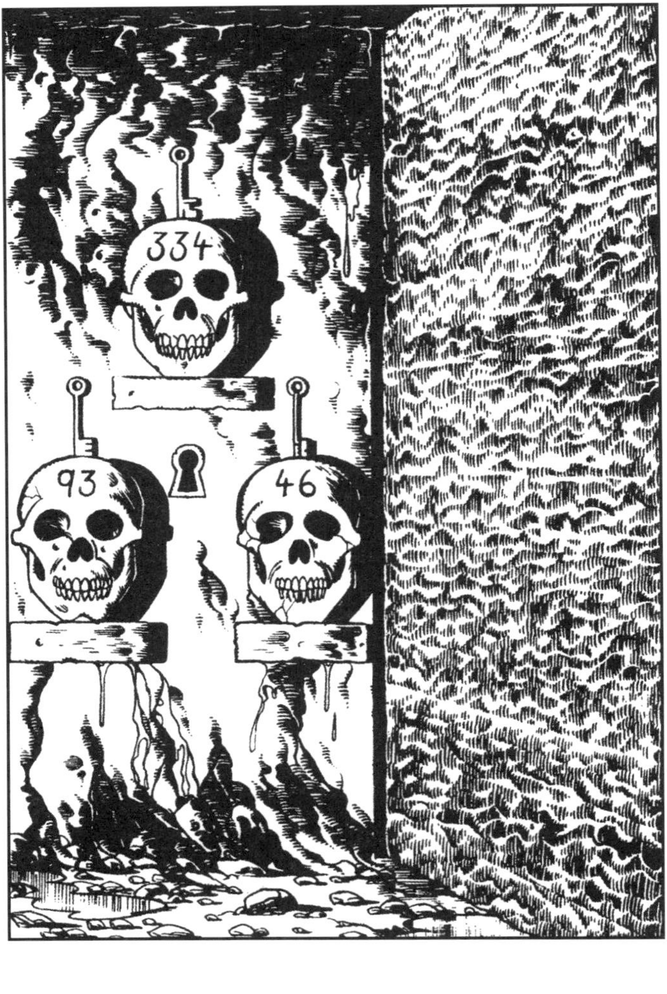
334
93
46

120
Uma hora depois o batedor retorna, contando que para o sul avistou uma aldeia de cabanas de madeira quase escondida pela vegetação alta. Ele também conta que as árvores são mais ou menos densas naquela direção. Você vira o exército de imediato para o sul até que seja possível marchar para o leste sem muita dificuldade, quando o batedor então diz que a aldeia fica ainda mais para o sul. Se quiser ir com dez homens para a aldeia, vá para **238**. Se preferir marchar para o leste com seu exército, vá para **180**.

121
Um enorme pedaço de rocha bloqueia o avanço corredor abaixo. Entretanto, há um buraco de fechadura em uma fissura na rocha e a lateral da parede o leva a supor que a rocha poderia deslizar para dentro da parede. Há três crânios montados em prateleiras de pedra ao redor da fechadura, cada um com uma chave pendurada logo acima e com um número pintado na testa. Se quiser experimentar uma das chaves na fechadura, escolha um número e vá para o parágrafo correspondente. Se preferir voltar à bifurcação e tentar a outra passagem, vá para **17**.

122
Com o estômago cheio, suas reações são mais lentas. Você de repente sente uma dor na lateral do corpo quando uma adaga atinge o alvo. *Teste a sorte*. Se for *sortudo*, vá para **190**. Se for *azarado*, vá para **272**.

123

A queda do goblin é interrompida quando ele cai em cima do wyvern. Embora ferido e sofrendo com a dor do que você supõe serem costelas quebradas, pelo menos ele está vivo e pode ser que você consiga algumas valiosas informações. Você caminha para o assassino e pergunta de modo firme o que ele sabe sobre Agglax. Mas o goblin simplesmente cospe em você antes de enterrar a adaga no próprio peito. Você decide revistar seus bolsos e encontra uma corda de arco, cinco pontas de flecha e um pingente de ouro com o número "10" riscado na base. Guarde o pingente se quiser, antes de dar a ordem para marchar para Garra. Vá para 220.

124

Você diz a Max para se encontrar com Lexon em seu acampamento fora de Zengis, onde ela receberá o pagamento de 200 peças de ouro (tire esse valor de sua *ficha de aventura*). "Você não vai se arrepender de nos contratar", ela diz enquanto grita ordens para seus homens. Você a observa por alguns momentos, antes de dobrar uma esquina e subir a rua. Vá para **314**.

125

O saltador pula para cima e para baixo em seu ombro, falando em voz alta, animado como um filhote. "Não vire à direita nenhuma vez na saída das cavernas", guincha o saltador. "O que seria de você sem mim?". Você responde com algumas sugestões de brincadeira e segue caminhando. Vá para **166**.

126

Correndo, você não vê o homem com o machado às suas costas mirar e arremessar um machado contra você. *Teste a sorte*. Se for *sortudo*, vá para **371**. Se for *azarado*, vá para **302**.

127

Um ramo de beladona é trazido para você e você o engole tão rápido quanto possível. A beladona é um veneno em si mesma (perca 2 pontos de Energia), mas, estranhamente, combate a licantropia. A febre logo se vai e você consegue descansar e até dormir. Você se sente muito melhor de manhã e conduz seu exército através da planície. Vá para **323**.

128

Para você, esta será uma longa noite, uma noite que vai durar para sempre. Tão logo a lua nasce, o amuleto se torna animado pelo calor de sua pele e o besouro se enterra em seu pescoço e destrói sua traqueia.

129

Quinze minutos se passam, mas ainda assim você não consegue mover um músculo sequer. Então, para o seu horror, você vê uma cabeça se erguer devagar do túnel que dá acesso ao esgoto. É outro goblin do esgoto. Ele examina primeiro os corpos dos dois companheiros e depois o seu. Ele sai do túnel devagar e avança para você. Com um movimento rápido, sua adaga executa a vingança.

130

A trilha finalmente desaparece em um ponto onde a floresta começa a ficar mais espaçada. Fica mais fácil de caminhar no chão plano e coberto de agulhas de pinheiro e você vira para o leste de novo. Vá para **114**.

131

A bola de fogo atinge o convés, matando cinco de seus homens. Os outros correm para apagar o fogo antes que possa começar um incêndio, e logo tudo está sob controle. Vá para **21**.

132

"É proibido sair, nada de sair", grita o calacorm correndo para a lança. Você agora precisa se defender.

CALACORM   Habilidade 9   Energia 8

Se vencer, vá para **377**.

133

Você examina rapidamente os bolsos dos vagabundos e encontra 10 peças de ouro e um frasco de vidro contendo um líquido verde e inodoro. Se quiser bebê-lo, vá para **264**. Caso contrário, volte à rua para continuar explorando Zengis. Vá para **382**.

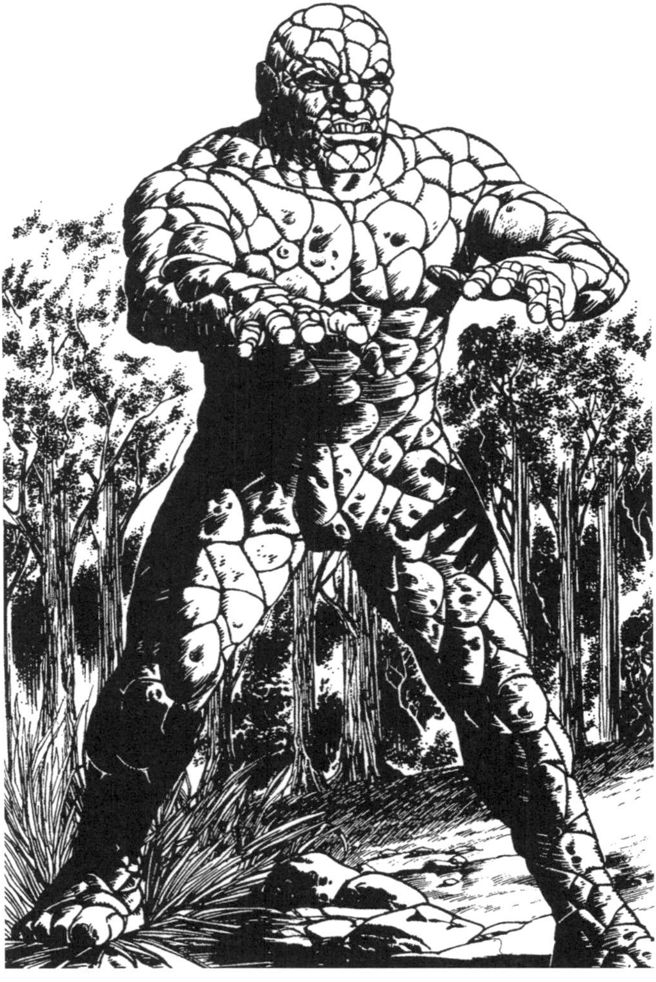

134

Uma enorme rocha à sua frente começa a se mexer. Então você se dá conta de que não é uma rocha, mas as costas de um homem-rocha. Ele se põe de pé com um movimento estranho e se vira para encará-lo. Como um homem alto com uma pele áspera parecida com rochas, o servo de Agglax se move para agarrá-lo e espremer a vida de seu corpo.

HOMEM-ROCHA   HABILIDADE 10   ENERGIA 6

Se perder uma rodada de combate, vá para **202**. Se vencer sem perder nenhuma rodada de combate, vá para **55**.

135

O goblin consegue se manter na sela, e logo o wyvern ganha altitude e não é mais que um pontinho no horizonte leste. Consciente de que Agglax pode enviar outros assassinos, você dá a ordem para marchar para Garra, mas com suas tropas em uma formação muito mais fechada. Vá para **220**.

136

Sua temperatura aumenta e a febre piora com o passar das horas. Você desmaia e acorda várias vezes, até que seu corpo finalmente se entrega ao vírus mortal. Sua aventura terminou.

137

Os primeiros dois barris que você examina estão vazios. O terceiro tem um velho pedaço de lona cobrindo-o. Mas, antes que você possa sequer tocá-lo, uma voz aguda masculina grita lá de dentro: "Vá embora! Deixe-me em paz! Será que não se consegue mais tirar uma sesta decente hoje em dia?". Se quiser puxar a lona e ver quem está dentro do barril, vá para **328**. Caso contrário, você pode descer o beco e virar à esquerda na rua (vá para **177**) ou, se ainda não tiver feito isso, você pode descer o túnel que leva para os esgotos beco acima (vá para **31**).

138

Dez guerreiros cruzam a ponte antes que você possa fazer o mesmo. Você está na metade da ponte quando ela de repente chacoalha sob seus pés. A rocha gira e você é jogado rumo às profundezas do abismo. Atingindo o solo rochoso cinquenta metros abaixo, você morre instantaneamente. A rocha era uma fera de rochas que foi colocada lá como uma armadilha dos servos de Agglax.

139

Quando o *Tucano Voador* vira para fugir, o navio pirata está menos de 200 metros atrás. A distância entre os dois navios diminui rapidamente até você ser jogado para trás pela força do navio pirata atingindo a popa do *Tucano Voador*. *Teste a sorte*. Se for *sortudo*, vá para **384**. Se for *azarado*, vá para **215**.

140

Você cai para trás, agarrando o ar e caindo pesado no chão uns quatro metros e meio abaixo. Você está atordoado e sem ar, e uma dor em suas costas o impede de levantar. Através de sua visão nublada, você vê o glob acima de você mirar a zarabatana. O dardo envenenado atinge o alvo e você é levado para encher a panela dele.

141

Você chega a um prédio velho que parece um estábulo, com grandes portas de madeira na frente. Há um homem em frente às portas e há muita gritaria e animação vindo de dentro do prédio. Você avança para a entrada, mas o homem impede sua entrada. "Competição de comer tortas", ele diz bruscamente. "Cinco peças de ouro para entrar, e então você pode se juntar à competição contra Barrigudão se achar que pode comer mais rápido que ele. Mas, veja bem, ninguém nunca conseguiu". Se quiser pagar e entrar, vá para 217. Se preferir continuar caminhando, vá para 95.

142

A batalha continua feroz, mas ainda não há sinal do próprio Agglax. Tão logo você arranca sua espada ensanguentada do peito de um troll das colinas, um orc da montanha trajando armadura pesada salta por sobre o corpo para você.

| ORC DA MONTANHA | Habilidade 8 | Energia 7 |

Se vencer, vá para 208.

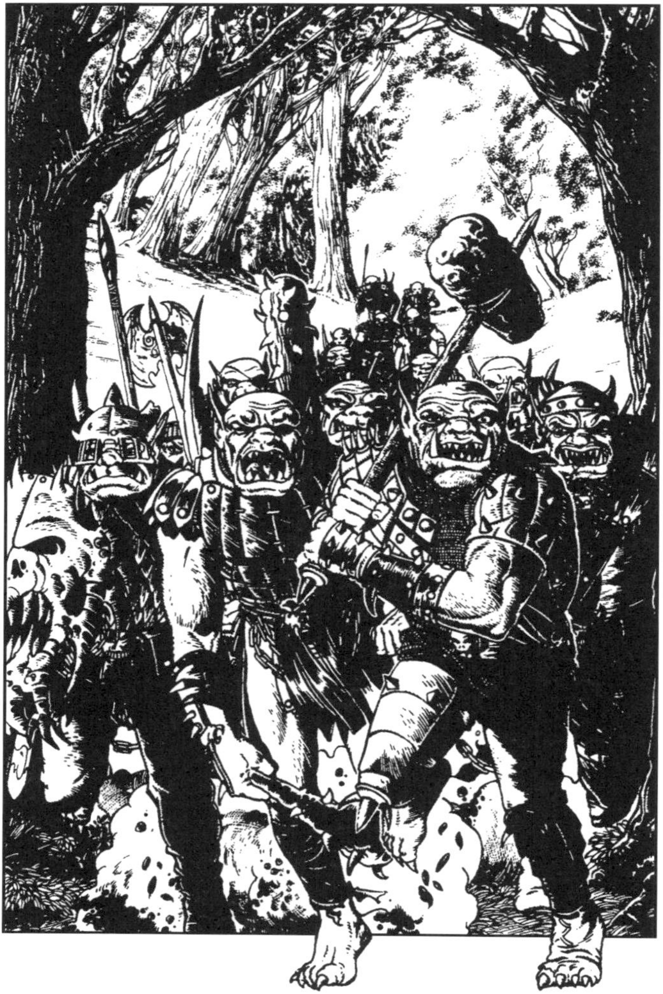

143

Você está quase fora da floresta quando ouve selvagens brados de guerra. Quinze orcs trajando armadura pesada estão correndo pela floresta para você, brandindo espadas, machados e martelos de guerra. Você precisa vencer uma *escaramuça*. Se vencer, vá para **242**.

144

"Não sei se você já sabe disso", continua Thog, "mas as Cavernas das Pedras das Estrelas são um complexo de corredores cheio de armadilhas e muito perigosos, um dos quais serve de esconderijo para o oráculo. Embora ele tenha muitos poderes para oferecer, realmente detesta toda mentira, trapaça, roubo, hipocrisia e enganação e todas as outras coisas ruins dos habitantes de Allansia. Entretanto, ele só tolera aqueles que mostrem alguma iniciativa. Se sobreviver às armadilhas, isso será prova suficiente de sua iniciativa: ele então falará com você. E eu o levarei até ele por 30 peças de ouro". Você paga Thog e volta com ele para a estalagem.

Cedo na manhã seguinte você acorda seus homens e logo está marchando na direção sul. Thog começa a contar-lhe sobre suas aventuras que, depois de duas horas, começam a ficar extremamente chatas. Antes do meio-dia, você dá a ordem para descansar e comer, pelo menos para fazer Thog parar de falar. Mesmo assim, ele continua falando, cuspindo migalhas enquanto descreve os momentos mais animados de suas histórias. Felizmente, vocês chegam às Cavernas das Pedras das Estrelas antes do anoitecer e você pede a Thog para lhe contar tudo o que sabe. "Há duas coisas que preciso lhe dizer", ele responde. "Vire sempre à direita em todas as bifurcações. E se tiver de escolher um número que possa ver, não escolha nenhum que tenha o número quatro nele. Já as perguntas do Oráculo você terá de responder por si mesmo. Você precisa ir sozinho para descobri-las". Você se despede de seus homens antes de desaparecer na boca da escura caverna, levando uma tocha acesa em uma das mãos e sua espada na outra. Vá para **219**.

145

Um guerreiro de peito nu mergulha no rio e nada até o barril. Uma corda é jogada para ele, e ele a amarra no barril antes de ser puxado pelos contramestres. Com um chiado, a tampa do barril é arrombada. Mas o conteúdo é decepcionante: o barril está cheio até a metade com maçãs. Se quiser distribuí-las entre seus homens, vá para **329**. Se preferir jogá-las na água, vá para **107**.

146

Quando você passa pelo beco, três figuras vestindo mantos negros saltam das sombras, brandindo porretes de madeira. Lute com os assaltantes um de cada vez.

	Habilidade	Energia
Primeiro ASSALTANTE	7	6
Segundo ASSALTANTE	7	7
Terceiro ASSALTANTE	8	6

Se vencer, você decide não se arriscar ainda mais e volta à "Casa de Helen". Vá para **368**.

147

Você cambaleia para trás e a flecha atinge o chão, errando você por centímetros. O wyvern é conduzido pelo goblin para o alto mais uma vez, enquanto seus soldados se apressam para verificar se você não está ferido. Você grita para eles dispararem seus arcos contra o wyvern, mas ele já está fora de alcance. Quando você dá a ordem para continuar marchando, você pondera se o ataque foi uma tentativa de assassinato dos servos de Agglax. Vá para **220**.

148

Os cavaleiros sacam suas espadas, que parecem arder em chamas brancas. Parecendo destemidos apesar dos números contra eles, os cavaleiros colocam seus cinco garanhões em carga contra suas tropas. Você os vê cortarem por entre suas tropas enquanto as armas de seus soldados não parecem capazes de feri-los. Um dos cavaleiros vira o cavalo em sua direção. Você ergue a espada para se defender, mas o golpe da espada flamejante do cavaleiro a desfaz em pedaços. O cavaleiro golpeia de novo, cortando seu corpo como se sua armadura fosse de manteiga. E então você morre na Ponte Torcida.

149

A rua continua reta e você logo se vê de volta aos portões principais de entrada de Zengis. Lembrando-se de sua promessa a Lexon, você decide voltar ao exército que lhe espera. Vá para **113**.

150

O homem com o machado recua, cortando a imagem de um oito no ar com o machado de batalha, que brande com as duas mãos.

HOMEM
COM MACHADO   Habilidade 8   Energia 8

Se vencer, vá para **101**.

151

"Temo dizer que você está sem sorte, amigo", continua o oráculo. "O destino decidiu que não posso ajudá-lo. Adeus". Os olhos do rosto de pedra se fecham de novo e você fica ponderando o que fazer a seguir. Você ouve um rangido às suas costas; virando-se para examinar, você vê uma seção da parede deslizando para trás. Não há opção além de entrar no túnel que acabou de aparecer. Vá para **280**.

152

"Eu disse para ir embora", ruge o ladino enquanto empurra a mesa e se põe de pé. "Você deve ser surdo ou idiota. Talvez consiga entender isso", ele diz com raiva enquanto saca a espada. Você responde de maneira semelhante.

LADINO   HABILIDADE 7   ENERGIA 8

Se vencer, vá para 276.

153

Nas proximidades, a guerreira vê o goblin quando ele está para disparar a besta. Ela mergulha na sua direção para empurrá-lo para fora do caminho do virote. Você é derrubado no chão e, quando se levanta, você vê que Max está morta, com o virote do goblin projetando-se para fora do peito. Jurando vingança, você salta para atacar os goblins que ainda estão lutando os guerreiros cercados.

	HABILIDADE	ENERGIA
Primeiro GOBLIN	5	5
Segundo GOBLIN	5	6

Lute com um de cada vez. Se vencer, vá para 379.

154

Você pisa nas tábuas do chão e salta para a espada. *Teste a sorte*. Se for *sortudo*, vá para 90. Se for *azarado*, vá para 387.

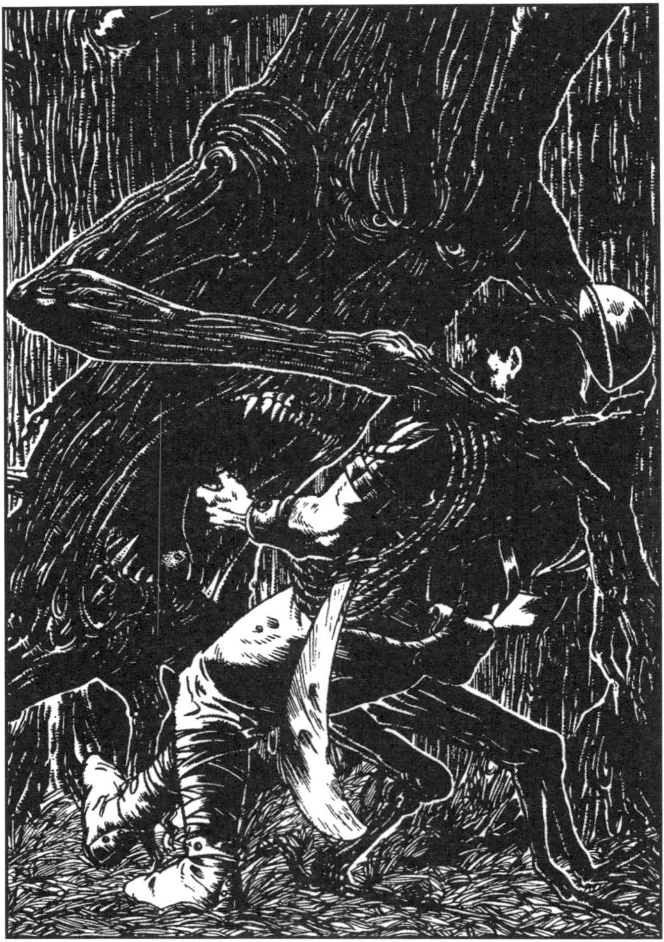

155

As árvores ficam tão próximas e densas que parecem que elas o estão espremendo. Você é forçado a ordenar uma parada e decide continuar sozinho com um batedor para descobrir se a floresta fica mais espaçada à frente. Mas ao invés de ficar mais espaçada, entretanto, as árvores vão ficando mais próximas até o ponto de que você precisa se espremer para passar entre elas. O batedor está caminhando à frente quando de repente grita: "Homens-árvore!". Quando você está para alcançá-lo, um tronco enorme se move lento para a frente sobre as raízes e agarra o homem com os dois galhos principais. Indistinguível das árvores ao redor, você só consegue discernir uma boca escondida na casca grossa e fendida e, acima dela, um par de olhos antigos, cujas órbitas parecem o espaço vazio de galhos arrancados. O batedor é golpeado até cair e o homem-árvore avança pesado para esmagá-lo sob suas raízes. Ignorando o perigo, você saca a espada e ataca o homem-árvore.

HOMEM-ÁRVORE   Habilidade 8   Energia 8

Ambos os galhos (cada um com Energia 8) farão ataques separados contra você em cada rodada de combate, mas você deve escolher com qual dos dois lutará. Ataque o galho escolhido normalmente; contra o outro você rolará sua Força de Ataque normalmente, mas não irá feri-lo caso sua Força de Ataque seja maior — você deve contar esse golpe como se fosse uma defesa bem-sucedida. É claro que, se a Força de Ataque do galho for maior, você será ferido normalmente. Se vencer, vá para **290**.

156

A velha agradece profundamente e agarra sua mão direita com as duas mãos dela. "Deixe-me ler sua mão", ela diz. Ela abre sua mão, puxa-a para o rosto enrugado e solta alguns "oohs" e "aahs". Finalmente, ela olha para você e diz: "Você é um aventureiro em uma missão muito importante. Para cumprir essa missão, certifique-se de beber a Água dos Deuses. A morte o espera caso você não faça isso". Sem mais nenhuma palavra, ela vai embora e você marcha para o sul de novo. Vá para **38**.

157

Sua visão fica ainda mais turva e você de repente sente-se bastante enjoado e tonto. Você cambaleia para a mesa mais próxima, mas antes que possa alcançá-la você desaba no chão de pedra. Quando volta à consciência, você se vê em uma pilha de lixo em um beco escuro. Sua cabeça dói e sua náusea só fica mais forte pelo fedor horrível vindo do lixo. Felizmente, sua espada ainda está na bainha, mas se você tinha algum pingente ou anel, eles foram roubados pelos ladrões do "Dragão Negro". Perca 1 ponto de SORTE. Amaldiçoando sua decisão de vir para Zengis, você se põe de pé devagar e cambaleia para fora do beco. Vá para **382**.

158
Suas tropas ficam quietas de repente, então um sussurro nervoso toma conta de suas fileiras. Você as chama e ordena que marchem para a floresta, onde a luz rapidamente fica mais fraca com a proteção grossa das folhas acima. Depois de meia hora, um batedor reporta-se dizendo que avistou uma aldeia de cabanas de madeira mais ou menos escondida pela vegetação alta. Se quiser ir com dez homens para a tal aldeia, vá para **238**. Se preferir marchar com seu exército, vá para **180**.

159
A bola de fogo atinge o rio com um chapinhar alto, rente ao *Tucano Voador*. Vá para **192**.

160
O brilho se intensifica à medida que sua pele fica desconfortavelmente quente. Ela então começa a queimar e você grita de dor antes de cair inconsciente no chão. A morte por radiação não tarda a chegar.

161

Você aperta a mão do homem, senta na cadeira e espera que uma mosca se aproxime. Menos de um minuto depois, uma varejeira grande aterrissa na mesa e avança na direção da geleia. Role um dado. Se o resultado for 1 a 3, vá para **231**. Se for 4 a 6, vá para **80**.

162

Você finalmente consegue passar a clareira e seguir para o sul pela trilha. Vá para **315**.

163

Um dos guardas meneia a cabeça e diz: "Sim, eu vi o exército, acampado fora de Zengis. O aventureiro deve estar dizendo a verdade. Vamos deixar você ir dessa vez, mas não se meta em confusão de novo". Você suspira aliviado e garante aos guardas que seu único desejo é recrutar mais guerreiros. Vá para **78**.

164

Apesar do rangido das cordas, a ponte aguenta e seu exército atravessa com segurança. Rumando para o leste, você alcança a borda leste da floresta logo antes do anoitecer, e então decide acampar sob a cobertura das árvores. Olhando para o céu noturno que finalmente está visível de novo, você vê que se trata de uma noite de lua cheia. Você decide postar soldados extras de sentinela essa noite, sempre preocupado com a presença de licantropos. Vá para **278**.

165

A multidão ouve com atenção enquanto você conta sobre sua missão; entretanto, sem que você saiba, um dos espiões de Agglax está entre os presentes. Uma adaga voa na sua direção vinda do mar de rostos; você a percebe com o canto do olho. Role dois dados. Se o resultado for igual ou menor que sua HABILIDADE, vá para **293**. Se for maior, vá para **122**.

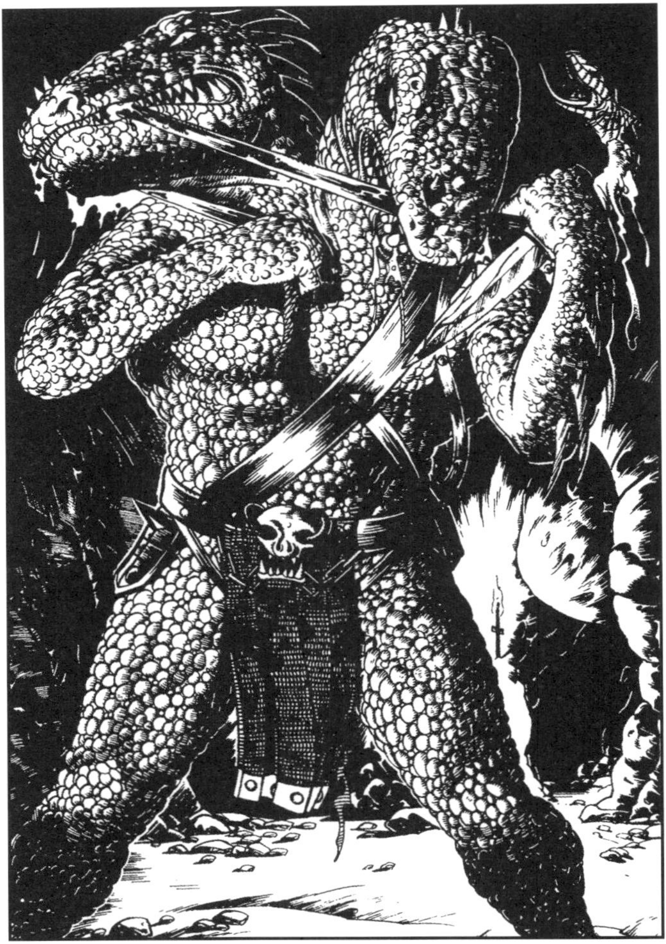

166

O túnel se abre em uma caverna ampla e continua na parede do outro lado. Entre você e o túnel, entretanto, há uma criatura reptiliana alta, com duas cabeças. Ela está arrancando o couro de uma serpente com uma adaga e de repente dá uma mordida na serpente com cada uma das duas cabeças. Reptilianos de armadura, com duas cabeças e com fome de serpentes só podem significar uma coisa — calacorms! Você avança devagar pela caverna, sua mão no cabo da espada. As cabeças do calacorm começam a falar de imediato e você tem dificuldade em compreender o que elas estão dizendo. Felizmente, o calacorm dá outra mordida na serpente com uma das cabeças enquanto a outra continua falando. "A permissão para a saída deve ser assinada e selada", diz o calacorm irritado. Enfiando um pedaço de pergaminho em suas mãos, ele grita: "Seu sinete?! Dê-me seu sinete!". Se tiver um sinete de ouro, vá para o número inscrito nele. Se não o tiver, vá para 132.

167

A porta está trancada e você precisa arrombá-la com a espada. Com um barulho alto de madeira quebrando, a porta finalmente se abre, revelando uma caixa de ferro enferrujada. Palavras inscritas rudemente na tampa avisam: "NÃO ABRA! PROPRIEDADE DE UNMOU". Se quiser abrir a caixa assim mesmo, vá para 229. Se preferir respeitar o desejo do proprietário, deixar a caixa e continuar marchando, vá para 399.

168

Quando coloca a estátua de pé, você ouve um clique. Uma adaga com uma ponta de agulha é disparada de dentro da base da coluna e voa contra seu peito. *Teste a sorte*. Se for *sortudo*, vá para **365**. Se for *azarado*, vá para **105**.

169

Amarrando as mãos do glob às suas costas, você o afasta com o pé e o observa fugir pela vegetação espessa. Você chama seus guerreiros de volta à trilha e continua marchando. Vá para **130**.

170

Uma dor aguda corre por seu braço do local em seu ombro em que os dentes do tridente estão alojados. Perca 2 pontos de Energia. Rilhando os dentes, você arranca o tridente de seu ombro. Uma figura ágil corre de trás dos barris e mergulha do outro lado do navio para a água, produzindo um chapinhar baixinho. Você corre para olhar, mas não vê nenhuma cabeça surgir na superfície. Quem ou o que quer que o tenha atacado deve ser um excelente nadador. Você caminha para os barris e vê pegadas com membranas entre os dedos no convés, talvez feitas por um homem-peixe. *Teste a sorte*. Se for *sortudo*, vá para **43**. Se for *azarado*, vá para **375**.

171

A ágil criatura vira e gira através da vegetação antes

de subir rápido em uma árvore. Você vai:

Subir na árvore?	Vá para 2
Derrubar a árvore (se tiver um machado)?	Vá para 257
Chamar as tropas de volta à trilha e seguir marchando?	Vá para 130

172

Você coloca a caneca nos lábios e bebe seu conteúdo de gosto horrível em um gole só. "Água do esgoto!", você grita com desdém, batendo a caneca no bar. O taverneiro então diz com escárnio: "As bebidas ficam por minha conta se você conseguir fazer isso uma segunda vez". Se aceitar o desafio, vá para 249. Se preferir continuar com seus negócios, vá para 40.

173

"Esqueça", diz a garota. "Volte outra hora e tente de novo". Você grunhe um agradecimento e decide deixar o salão de jogos da taverna. Vá para 50.

174

"Correto", diz o cavaleiro, animado. "Agora nos diga o motivo de estar marchando através desta floresta infernal". Você conta aos cavaleiros sobre sua missão para destruir Agglax. Eles respondem dizendo que ficariam honrados em se juntar a seu exército, e você aceita a oferta de imediato. Eles também contam que conhecem uma rota rápida e segura para fora da floresta. Com os cavaleiros montados indicando o caminho, você cruza a ponte. Quando você chega à borda leste da floresta já está escurecendo, então você decide acampar sob a cobertura das árvores. Olhando para o céu noturno que finalmente está visível de novo, você vê que se trata de uma noite de lua cheia. Você decide postar soldados extras de sentinela esta noite, sempre preocupado com a presença de licantropos. Vá para **278**.

175

Já está no final da tarde quando as torres e telhados de Zengis surgem à vista. O Capitão Barnock parece relaxar um pouco, sabendo que logo vai atracar em segurança nas docas da cidade. Antes de descer do navio, você designa um de seus guerreiros, de nome Lexon, como seu segundo em comando. Você o instrui a levar os homens para um campo fora das muralhas da cidade e acampar por lá; você os quer fora de problemas a bem descansados para a longa marcha do próximo dia. Você diz a Lexon que vai passar a noite em Zengis para recrutar mais tropas e talvez ouvir rumores sobre Agglax, o demônio das sombras. Enquanto suas tropas deixam o *Tucano Voador*, você se despede do capitão Barnock. Você entra pelos portões principais da cidade e decide entrar na taverna mais próxima, uma vez que se trata de um bom lugar onde encontrar tanto guerreiros quanto rumores. Descendo uma rua estreita entre casas antigas de madeira, você de repente vê um anel de ouro próximo ao esgoto. Se quiser pegá-lo, vá para **292**. Se preferir ignorá-lo e rumar para a taverna, vá para **52**.

176

Você afasta os arbustos e dá imediatamente de cara com um lagarto gigante. Com mais de seis metros de comprimento, o monstro se lança com a mandíbula aberta contra você.

LAGARTO
GIGANTE   HABILIDADE 8   ENERGIA 9

Se ainda estiver vivo depois de três rodadas de combate, vá para **196**.

177

Na esquina da rua, você chega a um prédio de pedra; há um sinal pintado na janela em letras simples de tinta branca que diz: "Saqueadores de Max — Espadas de Aluguel". Se quiser entrar no prédio, vá para **63**. Se preferir continuar caminhando e dobrar a esquina para a esquerda, vá para **314**.

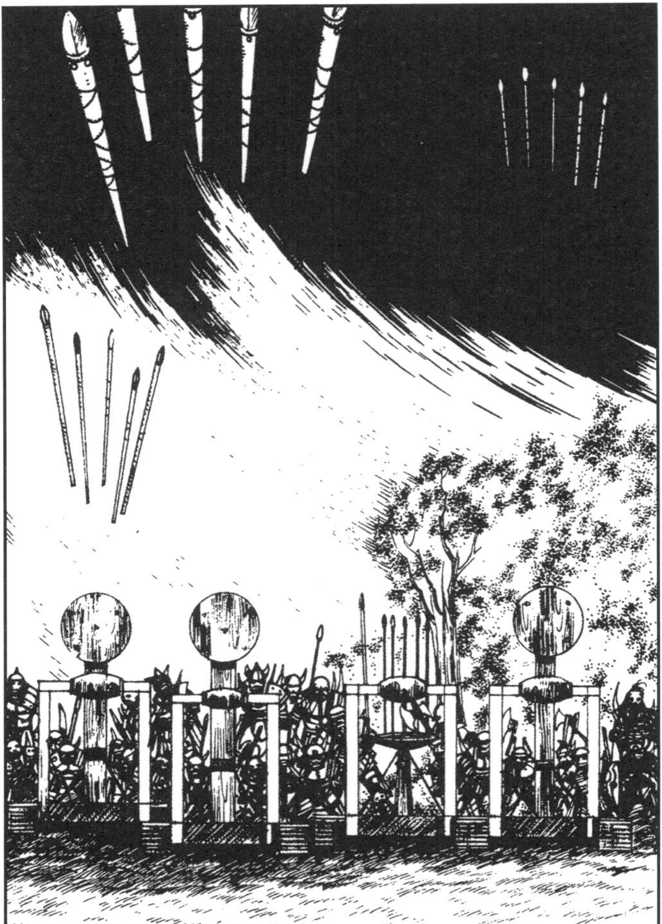

178

Quando se aproxima da linha de frente dos trolls, eles de repente se afastam, permitindo que quatro vagões de madeira avancem, cada um operado por uma tripulação de goblins. Seu coração fica apertado quando você vê os goblins carregarem longas varas de madeira pontudas nas posições de tiro, preparando-as para serem disparadas contra suas tropas. Mas não há como recuar e você urge suas tropas contra as máquinas de guerra dos goblins. Quando entra no alcance, você ouve a ordem para disparar, e observa os projéteis voarem na sua direção. Role quatro dados para descobrir o número de soldados atingidos pelos projéteis mortíferos das máquinas de guerra. A cinquenta metros das linhas inimigas, suas tropas hesitam na perspectiva de outra salva de disparos. Precisando desesperadamente de liderança, você corre à frente do exército para liderá-lo para a batalha. Quando está a apenas vinte metros das linhas inimigas, as máquinas de guerra disparam de novo. Role quatro dados e deduza o resultado do seu exército. Se agora tiver menos de cem soldados no total, vá para **59**. Se tiver cem ou mais soldados, vá para **13**.

179

Meia hora depois de comer as maçãs, alguns dos soldados começam a passar mal, você entre eles. Perca 4 pontos de Energia e 1 ponto de Habilidade. Sua saúde piora rápido, e dois dos soldados logo morrem. Antes do final do dia, quinze soldados morrem. Faça as deduções apropriadas em sua *ficha de aventura* e também perca 2 pontos de Sorte. Você se arrepende da decisão de dar as maçãs para seus homens e decide que no futuro não se deixará distrair de seu objetivo principal. Vá para **209**.

180
Você passa por um pequeno lago de água parada, onde o ar é grosso e cheio de insetos. No meio do lago você vê a quina de uma caixa de madeira projetando-se para fora da água coberta de algas. Se quiser entrar no lago para pegar a caixa, vá para **325**. Se preferir continuar marchando, vá para **68**.

181
A trilha finalmente termina em uma clareira. As árvores são menos densas logo antes da clareira, fazendo com que seja possível ir para o leste de novo. Vá para **114**.

182

Você sai de trás de uma árvore para que os homens nas gaiolas possam vê-lo. "Liberte-nos! Liberte-nos rápido antes que os orcs retornem!", grita um deles desesperadamente. "Dois dias atrás os arqueiros deles acabaram conosco, matando doze dos nossos homens e ferindo os outros. Estávamos viajando para nos juntarmos ao exército que ouvimos dizer que está sendo reunido para enfrentar as forças do demônio das sombras". Você sente que o homem está dizendo a verdade e instrui os elfos a baixarem as gaiolas. Dez guerreiros de aparência cansada são libertados, mas o décimo primeiro morreu devido aos ferimentos. Os dez estão ansiosos por se juntar a você quando descobrem, para sua surpresa, que *você* comanda o exército que estavam procurando. Depois de lhes dar água e comida, você os conduz para fora da mata. Vá para **143**.

183

O homem, cujo nome você descobre ser Obigee, fala sobre inúmeras raças, caminhando pelo aposento e imitando os trejeitos da tripulação. "Gostaria de ver um desenho da tripulação?", ele finalmente pergunta (vá para 230 se quiser). "Ou gostaria da chave do seu quarto?" (vá para 81).

184
Você alarga o buraco, revelando uma pequena porta de ferro que está trancada. Há uma pequena fechadura, mas não há chave. Se quiser abrir a porta e tiver uma chave dourada, vá para o parágrafo com o mesmo número inscrito na chave. Se não quiser abrir a porta ou se não tiver a chave, não há mais nada a fazer além de deixar a clareira. Vá para 315.

185
Um grito toma o ar; foi produzido por um de seus guerreiros e é rapidamente seguido por vários outros, produzidos por outros de seus homens. "Formigas gigantes de fogo!", diz um grito vindo de uma área onde de repente há muita atividade: homens pulando e batendo os pés no chão, enquanto outros esfregam freneticamente as roupas e armadura. Você ordena que todos saiam do capim alto tão rápido quanto possível, mas quando finalmente se reúnem na margem do rio, cinco guerreiros estão desaparecidos. Você caminha de volta pelo capim e os encontra jazendo imóveis, seus corpos cobertos pelas venenosas formigas vermelhas. Não há nada que você possa fazer por eles, então volta a seus homens com as más notícias. Você começa a marchar

de novo, embora ninguém esteja de muito bom humor. Vá para 274.

186
Você alcança a borda leste da floresta logo antes do anoitecer, e então decide acampar sob a cobertura das árvores. Olhando para o céu noturno que finalmente está visível de novo, você vê que se trata de uma noite de lua cheia. Você decide postar soldados extras de sentinela esta noite, sempre preocupado com a presença de licantropos. Vá para 278.

187
Apenas um aventureiro tolo atacaria um leprechaun. Antes que você sequer consiga erguer o braço da espada para golpear, o leprechaun joga um pouco de pó mágico em seu rosto. Você fica paralisado de imediato — a única parte de seu corpo que consegue mover são os olhos; mas você ainda tem seus outros sentidos. Pela próxima meia hora você fica duro, rígido, parado no mesmo lugar e é obrigado a ouvir um sermão do leprechaun sobre o quão absolutamente errado é atacar pessoas indefesas. Quando o sermão finalmente acaba, o leprechaun começa a mexer em seus bolsos e mochila. Ele leva todos os itens de ouro (mas não peças de ouro) e diz: "E que isso lhe sirva de lição". Então ele se vai. Perca 2 pontos de SORTE e *Teste a sorte*. Se for *sortudo*, vá pata 72. Se for *azarado*, vá para 129.

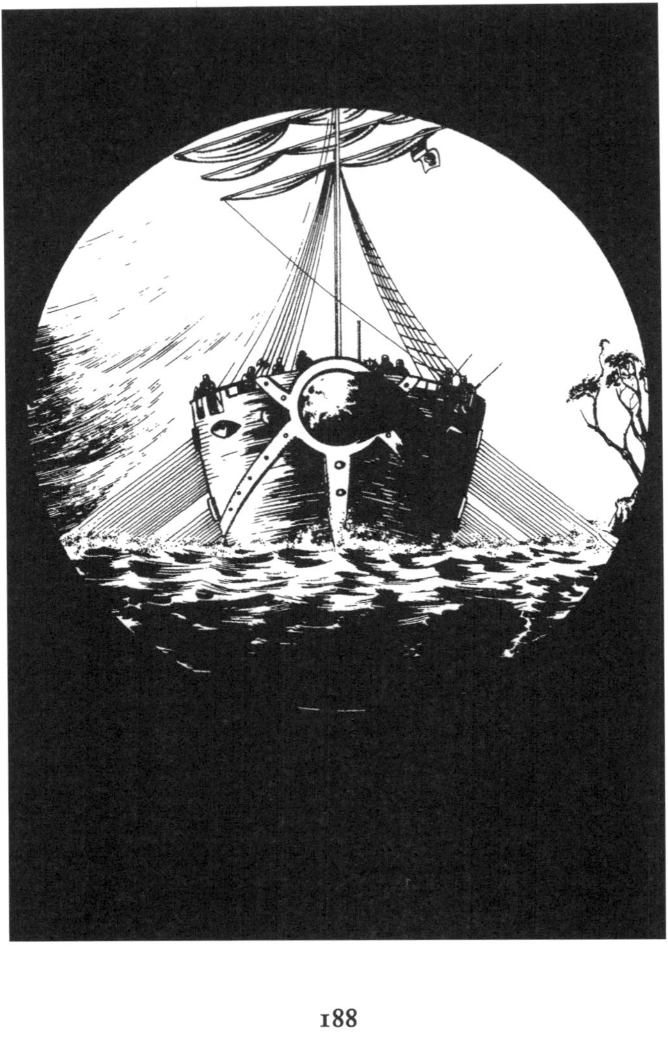

188

Duas horas depois, a tranquilidade da viagem fluvial é de repente perturbada por um grito vindo do ninho do corvo: "Piratas do rio! Piratas do rio!". O Capitão Barnock pega seu telescópio e dispara maldições enquanto foca o navio se aproximando rio abaixo à toda velocidade. Ele lhe alcança o telescópio e você vê o motivo de sua preocupação. O navio pirata é do tipo construído pelos nortistas, excepcionalmente robusto e com um enorme aríete de ferro projetando-se para fora da proa. Duas linhas de remos se projetam de cada lado do navio, emprestando-lhe ainda mais velocidade; o Tucano Voador obviamente não é páreo para o navio pirata, que se coloca em curso de colisão. O Capitão Barnock se vê atrapalhado, sem saber o que fazer. Você vai:

Ordenar-lhe que erga uma bandeira de rendição?	Vá para **277**
Virar o *Tucano Voador* para a margem norte?	Vá para **353**
Ordenar que o *Tucano Voador* vire e tente ser mais rápido que o navio pirata?	Vá para **139**

189

Você dá de ombros, irritado, e volta para suas tropas para ordená-las a continuar marchando. Vá para **130**.

190

A adaga finca na parte carnuda da lateral esquerda de seu corpo, mas o ferimento não é muito sério. Perca 2 pontos de ENERGIA. Enquanto você analisa o ferimento, uma figura sombria e encapuzada deixa a multidão, sai por uma porta lateral e se vai antes que alguém possa pegá-la. Você diz para ninguém persegui-la, pois haverá outros assassinos no caminho antes que você possa enfrentar Agglax. Depois de enfaixar seu ferimento, você contrata dez guerreiros por 100 peças de ouro e ordena que encontrem Lexon no acampamento fora da cidade. Quando se sente suficientemente recuperado, você vai para a rua de novo. Vá para **95**.

191

Você liberta os anões capturados e os ouve falar sobre a emboscada na floresta enquanto procuravam cavernas para explorar em busca de gemas. Por salvar suas vidas, eles se oferecem para se alistar em seu exército e se armam com as armas dos hobgoblins. Uma revista nos corpos dos hobgoblins encontra um colar de ouro e um estandarte de guerra preso a uma lança. O emblema traz um dragão vermelho segurando uma espada curvada, contra um fundo branco dentro de um círculo dourado. Você guarda o colar e o estandarte e dá a ordem para marchar através da clareira. Vá para **312**.

192

Os salteadores do rio obviamente ignoram a quantidade de soldados a bordo de seu navio, ou não arriscariam atacar com apenas vinte homens. Quando se aproximam, não há mais disparos de bolas de fogo e você precisa decidir o que fazer. Se quiser ordenar aos elfos que disparem flechas contra os salteadores, vá para **380**. Se preferir deixar os salteadores subirem em seu navio, vá para **258**.

193

Você mata mais duas das criaturas de Agglax e então uma lança é fincada na lateral de seu corpo. Só a quantidade de inimigos já é demais, mesmo para você e seus bravos soldados. Você luta bravamente e não morre sozinho hoje — mas, de qualquer maneira, o inimigo é vitorioso.

194

Os reflexos do ágil homem das colinas são rápidos, e ele salta no ar quando você mergulha para agarrar os pés dele. Role dois dados. Se o resultado for menor ou igual à sua Habilidade, vá para 373. Se for maior, vá para 117.

195

Max o parabeniza por sua habilidade com a espada e aceita a derrota com elegância. Você diz para ela se encontrar com Lexon no acampamento fora de Zengis, onde receberá seu pagamento de 100 peças de ouro (perca esse valor de sua *ficha de aventura*). "Você não se arrependerá de ter nos contratado", ela diz enquanto conduz seus homens pela rua. Você a observa por um momento, antes de virar a esquina da rua. Vá para 314.

196

Os anões próximos correm para ajudá-lo e rapidamente matam o monstro reptiliano. Perguntando-se que outros perigos o aguardam na floresta, você marcha pela trilha. Vá para 15.

197

Você se espreme por entre as mesas e senta em um banquinho alto no fundo do bar. O taverneiro é um brutamontes feio e enorme — se dissesse que seu pai é um ogro, você acreditaria nele. "Qual o seu veneno?", ele grunhe, e você responde: "Uma caneca de suco de maçã". "Suco de maçã!", ruge o taverneiro alto. "Suco de maçã! Rá, o jovem garotão quer suco de maçã! Suponho que queira leite caso a gente não tenha suco de maçã, certo?", ri o taverneiro enquanto seus clientes procuram ao redor para ver de quem ele está debochando. "Bom, você veio ao lugar errado", ele continua. "Só servimos Mistura do Diabo aqui. Você acha que consegue aguentar uma caneca?". Se quiser beber uma caneca de Mistura do Diabo, vá para **172**. Se preferir insistir no suco de maçã e ao mesmo tempo quiser dizer ao taverneiro o que pensa do comportamento dele, vá para **71**.

198

Menos de um minuto depois, você ouve um grito do elfo e um rugido de uma criatura enorme. Há uma briga rápida e, então, silêncio. O próximo som que você ouve é de dentes mastigando ossos. Alguma terrível fera subterrânea está devorando o pobre elfo. Seus companheiros élficos o miram com um ar acusatório e você se sente responsável pela morte. Perca 1 ponto de SORTE. Entretanto, não há nada que possa ser feito pelo elfo, exceto, talvez, vingar sua morte. Se quiser ser descido pela corda você mesmo, vá para **239**. Se preferir deixar a clareira, vá para **315**.

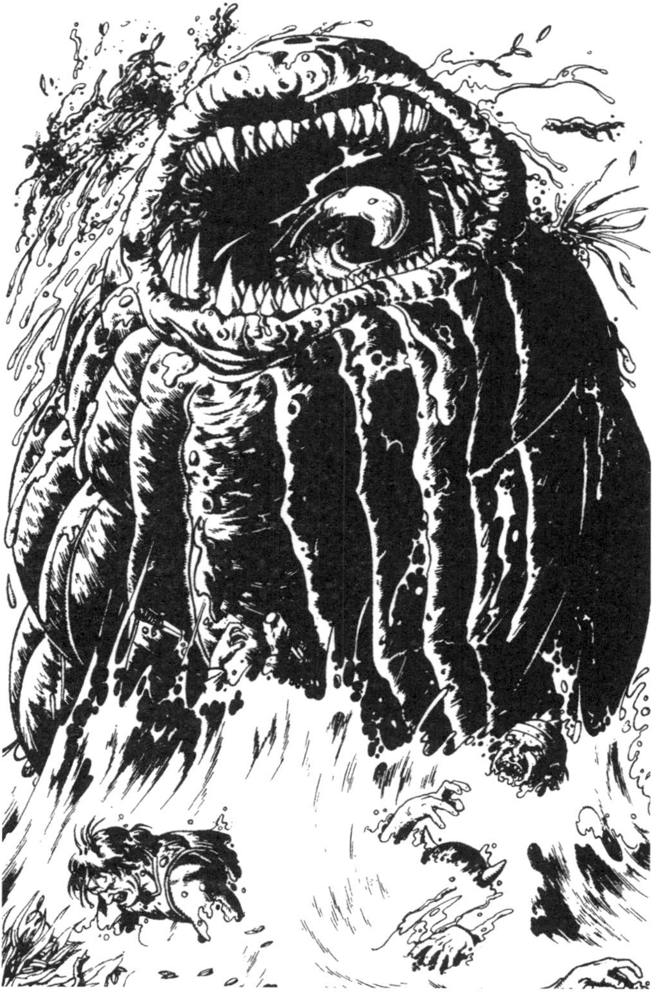

199

Atravessar um pântano é cansativo. As águas marrons vão até os joelhos e seus pés são sugados pelo barro no fundo. Você está na metade do pântano quando vê que os juncos e a vegetação à frente começam a se erguer para fora da água, empurrados para cima por alguma criatura enorme e negra. Trata-se de uma criatura forte, que rompe a superfície da água, com lodo pingando das laterais de seu couro grosso, que tem ranhuras fundas em formato de linhas. Surge uma cabeça sem olhos, mas com uma mandíbula enorme, com linhas de dentes grandes como adagas. Ela serpenteia na sua direção, esmagando e afogando cinco guerreiros sob o peso de seu corpanzil enorme (deduza-os de sua *ficha de aventura*). O horrível moedor de barro está quase em cima de você, e você precisa se defender com a espada.

| MOEDOR DE BARRO | Habilidade 11 | Energia 12 |

Depois de cinco rodadas de combate, vá para **33**.

200

Teste a sorte. Se for *sortudo*, vá para **164**. Se for *azarado*, vá para **34**.

201

"Com prazer!", responde o caçador de recompensas. Ele alcança seu elmo para você, e você paga a ele 5 peças de ouro. O elmo é bastante sólido e vai protegê-lo de golpes pesados. Some 1 ponto de

Habilidade. Você segue o caçador de recompensas pelo túnel e o deixa para recolher provas da morte dos goblins do esgoto no beco. Se ainda não tiver feito isso, você pode verificar os barris (vá para **137**) ou pode voltar pelo beco até a rua (vá para **177**).

202

O homem-rocha consegue passar os braços ao seu redor. Duas de suas costelas estalam com a pressão enorme que o homem-rocha exerce com seus braços poderosos. Perca 1 ponto de Habilidade e 2 pontos de Energia. O homem-rocha aperta mais forte enquanto suas tropas o atacam por trás, mas as costas dele são quase tão duras quanto rocha, e as espadas apenas resvalam. Você ordena que um anão tente estilhaçar o homem-rocha com um martelo de guerra. Se houver anões em seu exército, vá para **336**. Se todos os anões já tiverem morrido, vá para **244**.

203

Algum tempo depois, o Capitão Barnock diz: "Logo vamos baixar a âncora para passar a noite. Você e seus homens querem dormir aqui no convés do meu navio ou preferem encontrar algum lugar mais confortável em terra?". Se decidir dormir no convés, vá para **12**. Se desejar ir até a terra firme e procurar algum capim macio onde dormir, vá para **337**.

204

Você caminha com cuidado para dentro da boca, esperando que um jato de chamas jorre contra você ou que o chão ceda de repente. Mas não acontece nada e você pode continuar. Vá para **53**.

205
Mirando com cuidado, você joga a mochila na espada, derrubando-a com segurança no chão. Role dois dados. Se o resultado for menor ou igual à sua HABILIDADE, vá para **5**. Se for maior, vá para **306**.

206
"É mesmo uma pena. Talvez eu lhe conceda uma última chance de fazer as coisas direito, ou talvez não. Vamos deixar o destino decidir. Onde estão meus dados?", retumba a voz do oráculo. *Teste a sorte*. Se for *sortudo*, vá para **44**. Se for *azarado*, vá para **151**.

207
Com reflexos rápidos, você mergulha para um dos lados e apenas sua perna é queimada pela bola de fogo. Perca 2 pontos de ENERGIA. Você rola e tenta ficar de pé, ao mesmo tempo em que o goblin dispara uma flecha contra você. Role um dado. Se o resultado for 1, vá para **304**. Se ficar entre 2 e 4, vá para **344**. Se rolar 5, vá para **147**. Se rolar 6, vá para **283**.

208
O som da batalha retumba em seus ouvidos enquanto você verifica como seu exército está se saindo. Role um dado. Se o resultado for 1 ou 2, vá para **106**. Se for 3 ou 4, vá para **216**. Se for 5 ou 6, vá para **356**.

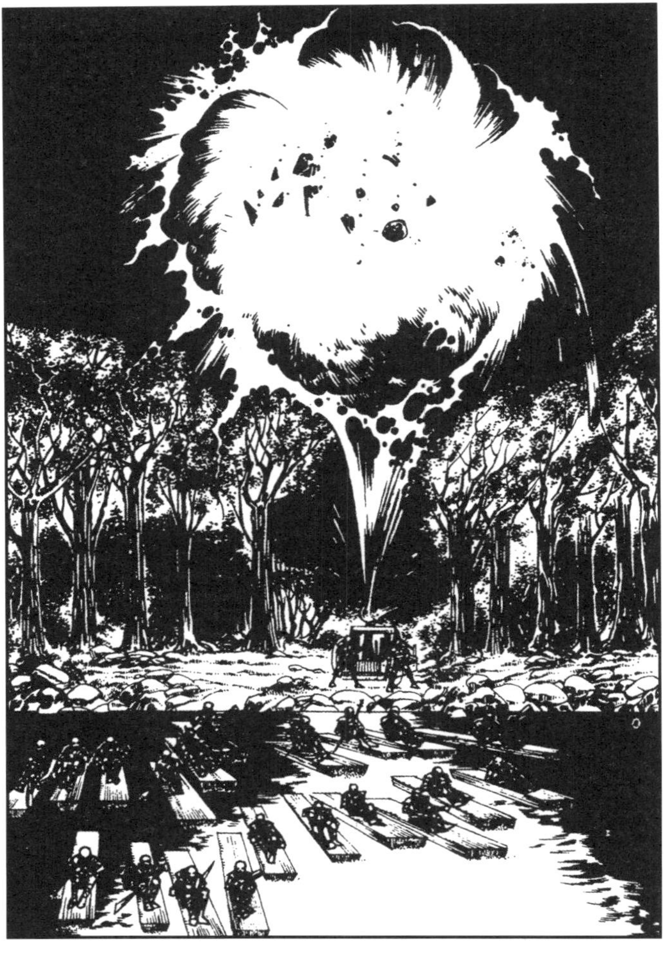

209

Quando faz uma curva no rio, o *Tucano Voador* de repente é atacado. Uma enorme bola de fogo atravessa o ar na sua direção, disparada de uma catapulta armada na margem sul do rio. Sob a cobertura do fogo, vinte salteadores do rio pulam para dentro de canoas de troncos e remam rapidamente rumo ao *Tucano Voador*. *Teste a sorte*. Se for *sortudo*, vá para **286**. Se for *azarado*, vá para **131**.

210

O tempo passa enquanto você perde e recupera a consciência. Mas sua temperatura finalmente começa a baixar e você se recupera devagar. Quando finalmente se sente forte o suficiente, você decide partir mais uma vez. Vá para **68**.

211

Você continua marchando pela margem do pântano e em menos de uma hora ele fica para trás. Vá para **115**.

212

Você deixa o salão de jogos e volta à estalagem, mas tem a sensação desconfortável de estar sendo seguido. Você se vira para olhar, mas não consegue ver ninguém no escuro. Então de repente você ouve o som de passos pesados se aproximando rápido e uma figura grande surge à vista. Só quando ela está quase em cima de você é que você vê sua cara selvagem, boba e bestial, com baba escorrendo do queixo. O ogro foi enviado para recuperar o ouro que você ganhou.

OGRO HABILIDADE 8 ENERGIA 10

Você precisa lutar com este ogro portando um machado na rua escura. Se vencer, você revista o ogro, mas não consegue encontrar nada no escuro. Você então decide voltar à estalagem. Vá para 50.

213

Sendo uma pessoa honrada, você mantém sua palavra e deixa seus dez homens para os homens das colinas. Quando deixa a aldeia sozinho, você despede-se de seus homens com um cumprimento, pensando que eles talvez tenham sido salvos de um destino muito pior: a horrível batalha contra as forças de Agglax. Mas em seu íntimo você sabe que eles teriam preferido morrer em batalha, e você não consegue evitar pensar que os decepcionou. Perca 2 pontos de SORTE. Enterrando o pensamento no fundo de sua mente, você aperta o passo e retorna para o exército que lhe espera. Em meia hora o exército está em movimento, rumando para o sudeste depois de cruzar o rio na direção de Zengis. Vá para 49.

214

O túnel é bastante escuro e a luz fraca de sua vela não ilumina o chão. Seu pé acerta o fio de uma armadilha que dispara um virote de uma besta que está montada na parede do fundo do túnel. *Teste a sorte*. Se for *sortudo*, vá para 116. Se for *azarado*, vá para 383.

215

Uma corda prendendo um bloco e ferramentas no cordame acima de você se parte quando o navio pirata golpeia o *Tucano Voador*. O bloco e as ferramentas atingem o convés, derrubando-o e deixando-o inconsciente no processo. Quando acorda, você se encontra acorrentado a um remo no convés inferior do navio pirata. O *Tucano Voador* foi afundado. Você vai passar o resto da vida como um escravo, remando. Sua aventura termina aqui.

216

Trinta de seus valorosos soldados jazem mortos ou moribundos no campo de batalha (perca essa quantidade do tamanho de seu exército na *ficha de aventura*). Os trolls estão tentando fazer os bravos sobreviventes recuarem, enquanto goblins e orcs atacam os flancos sem piedade. Enlouquecidos pela batalha, alguns dos goblins e orcs na retaguarda estão lutando entre si, de tão ansiosos que estão para sentir o clamor do aço. À sua direita você vê um guerreiro sendo atacado de ambos os lados por dois goblins. À sua esquerda, outro guerreiro está sendo golpeado por um troll das colinas. Se quiser ajudar o guerreiro à esquerda, vá para 269. Se quiser ajudar o guerreiro à direita, vá para 62.

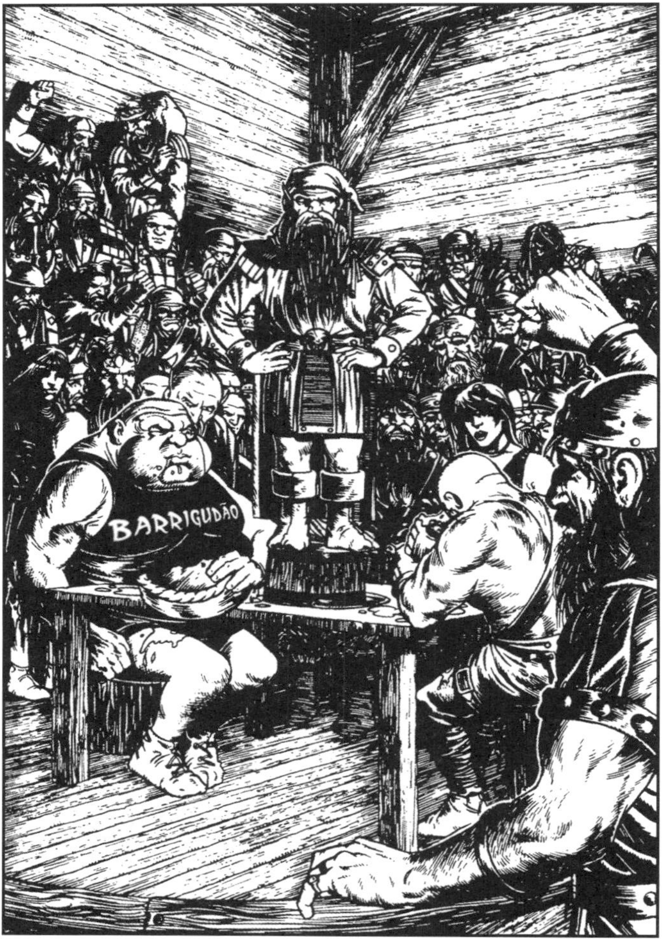
BARRIGUDÃO

Quando atravessa a entrada, você se vê no meio de uma multidão enorme e animada. Alguns estão de pé, esticando o pescoço para ter uma visão melhor do que está acontecendo no centro do estábulo. Outros estão sentados em uma espécie de arquibancada em três das quatro paredes. Você se espreme entre a multidão para descobrir o que está acontecendo, até chegar a uma barreira circular, dentro da qual há dois homens sentados a uma mesa, um de cada um lado, devorando uma torta enorme cada um. O homem à sua esquerda é tão absolutamente enorme que uma meia-lua foi cortada na mesa no lugar onde ele está sentado, para que ele possa alcançar a torta. Ele é bastante velho e completamente careca, com um monóculo no olho esquerdo. Seu corpo nojento parece todo obeso devido à camisa que está vestindo, que traz seu nome, "Barrigudão", escrito em letras amarelas. Seu oponente, um homem-orc enorme, parece pequeno em comparação. Um anão, que você descobre ser o árbitro, está sobre a mesa, certificando-se de que toda a torta será comida e que nem um pouco é jogado no chão. De repente, Barrigudão se põe quase de pé e soca o ar com ambas as mãos, e uma comemoração alta celebra sua vitória. O anão pede ordem e anuncia o resultado: "Senhoras e senhores, o vencedor da competição de comer tortas de nabo e rato é Barrigudão!". Outra comemoração ecoa pelo salão antes que o anão possa continuar. Quando o barulho fica mais baixo, ele anuncia: "Depois de um intervalo de cinco minutos, Barrigudão desafiará qualquer um para uma competição de comer tortas de peixe e pudim de ovos. Todos os desafiantes inscrevam-se aqui, por favor". Se quiser entrar na competição, vá para **14**. Se desejar ir embora, vá para **95**.

218

Mais adiante na rua, você chega à outra loja. A janela está repleta de coisas velhas, todas empilhadas uma sobre a outra: caixas, latas, roupas, ferramentas, cerâmicas, esculturas e curiosidades, todas amontoadas em uma pilha bagunçada. O símbolo de uma casa de penhores pende acima da porta. Se quiser entrar na loja, vá para **287**. Se preferir continuar caminhando, vá para **141**.

219

A caverna vai se afunilando em um corredor escuro e frio. Pingos de água gotejam do teto com um "plop" alto em poças rasas no chão e de vez em quando parece que você consegue ouvir uma risada de mulher vindo de muito, muito longe. O corredor logo termina em uma bifurcação. Se quiser ir para a esquerda, vá para **17**. Se preferir virar à direita, vá para **121**.

220

No meio da tarde você vê colunas de fumaça subindo no ar contra o distante pano de fundo formado pelas Montanhas Dedo de Gelo, estendendo-se para o leste tanto quanto a vista alcança. A visão aguçada dos elfos revela que a fumaça está subindo das chaminés de cabanas de uma pequena aldeia que, você supõe, deve ser Garra. Você decide entrar na aldeia com apenas dez homens para mostrar aos homens das colinas que não lhes deseja mal. Vinte minutos depois, você entra na aldeia, que parece completamente deserta: não há viva alma à vista. Só a fumaça que continua a ganhar o céu convence-o de que deve haver alguém por perto. A aldeia consiste de trinta cabanas de madeira formando um círculo ao redor de uma cabana maior, que você supõe ser um ponto de encontro ou um salão de veneração. Você grita chamando atenção, mas não consegue resposta, e um calafrio percorre sua espinha quando você se pergunta se não se trata de uma armadilha. Se quiser gritar de novo, vá para **261**. Se preferir ordenar a seus guerreiros que saquem as espadas, vá para **86**.

221

Você caminha pelo corredor em segurança por cinquenta metros até chegar a uma mensagem na parede que diz: "Doe com generosidade". Abaixo da mensagem há uma enorme caixa de madeira com uma fenda larga na tampa. Ponha o que desejar na caixa antes de continuar pelo corredor. Vá para **76**.

222

A chave gira na fechadura e você abre a pesada porta. Está escuro do lado de dentro e você não consegue ver nada. Você larga uma pedra na escuridão e a ouve bater no chão de pedra abaixo. Você vai:

Ser baixado com uma corda pela entrada?	Vá para **285**
Baixar um voluntário?	Vá para **25**
Fechar a porta e deixar a clareira?	Vá para **315**

223

"Desculpe a minha pergunta", diz Enk, parecendo indignado. Sua expressão magoada faz com que você pondere se eles são mesmo tão durões quanto parecem. Talvez eles tenham alguma informação útil; a ideia de contar a eles sobre sua missão cruza sua mente, ao invés de lhes oferecer ainda mais mentiras. Mas como você pode confiar em um vagabundo? Se quiser contar a eles sobre sua missão verdadeira, vá para **395**. Se preferir dizer a eles que precisa ir embora, vá para **311**.

224

A dócil criatura sentada em seu ombro acorda quando você bate gentilmente na cabeça dela. Esperando que o saltador tenha mesmo os poderes que o vendedor disse que ele teria, você tenta relembrar os números que conjuram a invisibilidade. Se souber o número, vá para o parágrafo correspondente. Se não souber o número, vá para **303**.

225

Você considera a oferta do Capitão Barnock, mas decide que prefere marchar para o leste, pois em terra terá mais chance de recrutar ainda mais tropas. Você parte e marcha pelo terreno aberto sem incidentes, seguindo o Rio Kok para o leste. No final da tarde você dá a ordem para suas tropas descansarem, e as deixa sentar em meio ao capim alto, da altura do joelho. *Teste a sorte*. Se for *sortudo*, vá para **58**. Se for *azarado*, vá para **185**.

226

Quando pega a boneca, um gás vermelho dispara de sua boca e forma a palavra "Agglax" no ar. Você joga a boneca no chão por instinto e a quebra com uma pedra. O gás vermelho escapa da boneca quebrada e enche o ar. Ele tem um efeito asfixiante quase imediato e você quase não consegue respirar. Perca 2 pontos de ENERGIA. Você ordena que todos deitem no chão para escapar do gás que está flutuando no ar. Quando o gás finalmente se esvai, você descobre que cinco guerreiros não voltam a se levantar (perca-os de sua *ficha de aventura*). Desanimado, você continua a marcha. Vá para **134**.

227

O terceiro golpe do porrete do taverneiro o acerta na lateral da cabeça, deixando-o inconsciente. Quando recobra os sentidos, você se encontra jogado em uma pilha de lixo em um beco escuro. Sua cabeça dói e a náusea que sente em seu estômago dolorido não é ajudada em nada pelo fedor horrível subindo do lixo. Felizmente, sua espada ainda está em sua mão, mas se você tinha algum pingente ou anel, eles foram roubados pelos ladrões do "Dragão Negro". Perca 1 ponto de SORTE. Amaldiçoando sua decisão de vir para Zengis, você se levanta devagar e cambaleia para fora do beco. Vá para **382**.

228

Teste a sorte. Se for *sortudo*, vá para **364**. Se for *azarado*, vá para **260**.

229

Você abre a tampa e descobre que a caixa está abarrotada das posses de um goblin chamado Unmou. Um diário com um ano de idade, escrito no idioma dos goblins, relata as aventuras de Unmou e suas batalhas, que são lidas para você por um dos anões, que aprendeu a ler goblinês durante os dois anos que passou como escravo em uma mina. O anão lê a última entrada com preocupação na voz: "Arco de violino doidão, vou me juntar à legião! Agglax está louco que a gente queime alguma coisa. E a gente tá cheio de vontade, se coçando pra matar alguma coisa". Entretanto, você não encontra nenhum mapa ou pista de como Unmou foi se juntar aos exércitos de Agglax. Suas outras posses são um cobertor, uma bolsa de couro cheia de dentes, dois potes de cerâmica, um par de sandálias de couro, um adorno de nariz feito de latão, uma caneca feita de estanho, uma sacola de conchas, dois crânios de rato, um ídolo de madeira e um amuleto de cobre no formato de um besouro em uma correntinha de cobre. O amuleto é a única coisa que lhe desperta interesse. Decida se vai ou não o colocar no pescoço antes de conduzir suas tropas para o norte de novo. Vá para **399**.

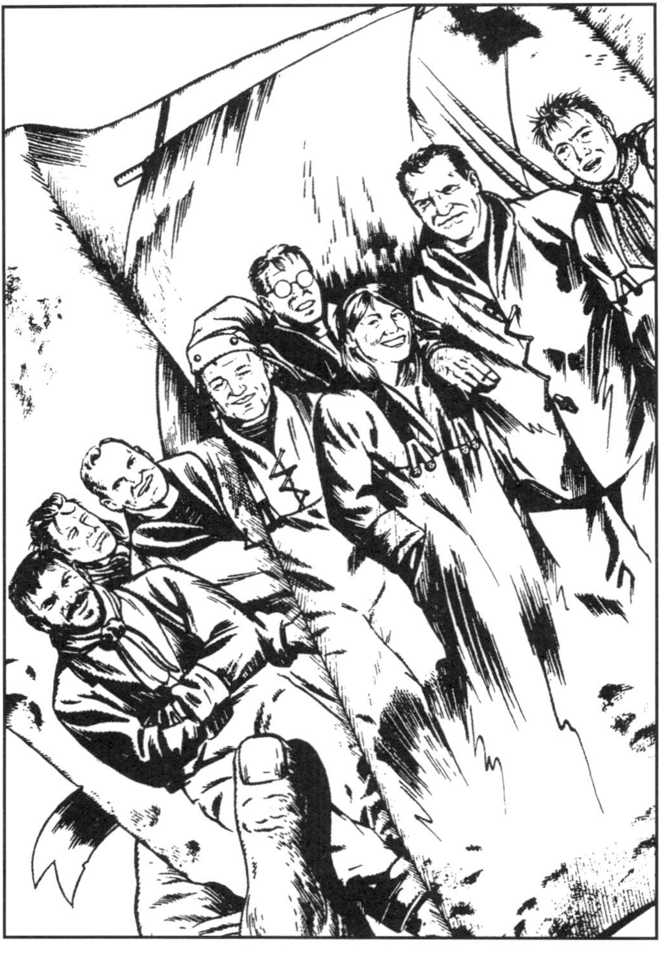

230

Obigee abre a gaveta de um armário e pega um livro de capa de couro. Ele o abre em uma página marcada e estende-o para você. Há oito pessoas em um retrato, todas vestindo capas de chuva. "Este sou eu", ele diz, orgulhoso, apontando para si mesmo. "E aquele com o chapéu engraçado é o Capitão Preece. O de cabelos espetados é o Spike, e o jovem ficando careca antes da hora é o Euan. O de barba é o Lobisomem, o de cabelos compridos é o filho de Kwil e o casal são Klaak e sua noiva, Welz. Talvez um dia enfrentemos o próprio Conner. Ele é o melhor de toda Allansia. Ele navega no *Velho Mundo* pelo Oceano Oeste, mas sua reputação é conhecida em todos os lugares. Mas isso é suficiente sobre mim. E você?".

Você decide contar a Obigee sobre sua missão e os olhos dele se abrem de espanto. "Temo ser muito velho para me unir à sua campanha, mas gostaria de ajudar sua causa", diz ele antes de desaparecer em um aposento escuro. Ele reaparece um instante depois, segurando uma espada magnífica. "Se isso não for o suficiente para matar um demônio, nada será", ele diz com um sorriso. "Deixe-me a sua e pode levá-la". Você examina a espada e vê que ela foi feita com maestria; você não hesita em fazer a troca. Some 1 ponto de HABILIDADE. Obigee então lhe alcança a chave de seu quarto e lhe deseja boa noite enquanto você sobe as escadas. Vá para **376**.

231

A mosca varejeira hesita por um segundo, então avança rápido para a geleia escolhida pelo ladino. Você perdeu a aposta. Perca 1 ponto de Sorte e remova 50 peças de ouro de sua *ficha de aventura*. O homem guarda o ouro em sua bolsa de couro, seu rosto ainda sem expressão apesar dos ganhos inesperados. Se quiser perguntar seu nome, vá para **3**. Se preferir deixá-lo e procurar outra mesa, sentando-se com três vagabundos, vá para **18**.

232

Com a espada pronta na mão, você caminha cauteloso túnel acima. A luz serpenteante da vela brilha mais forte à medida que você se aproxima. Uma figura aparece à vista e você vê que ela é muito mais alta que um goblin do esgoto: trata-se de um humano, portando um longo machado e um escudo, murmurando consigo mesmo. Quando o vê emergir das sombras para a luz da vela, ele para e diz: "Você viu mais algum goblin do esgoto vindo nessa direção?". Você responde que dois tentaram roubá-lo. "Bom. Eu vou lá cortar as orelhas deles para minha recompensa. É o meu trabalho. Zengis tem muitos problemas com goblins do esgoto, mas não tem muita gente disposta a trabalhar aqui embaixo para acabar com eles. Você me fez um favor matando aqueles dois, então será que eu posso fazer alguma coisa em troca para ajudá-lo?". Você vai perguntar se ele sabe alguma coisa sobre as Cavernas da Pedra da Lua (vá para 99) ou perguntar se ele não quer vender-lhe o elmo por 5 peças de ouro (vá para 201)?

233
Você ouve um farfalhar alto nos arbustos para fora da trilha, à sua esquerda. Se quiser investigar, vá para 176. Se preferir continuar marchando, vá para 15.

234
Poucos quilômetros rio acima, você encontra um homem barbudo, com cabelos desarrumados, parado na margem norte. Ele veste peles de animais e agita os braços na sua direção, gesticulando para que você pare. Se quiser navegar até o homem para investigar, vá para 298. Se preferir continuar navegando, vá para 203.

235
Você não caminhou mais de dez metros pelo corredor quando o chão de repente cede sob seus pés.

Você disparou uma armadilha e caiu de cabeça em um fosso de mais de dois metros de profundidade, onde aterrissa em uma horrível cama de estacas de ferro. Perfurado como uma almofada de agulhas, você morre instantaneamente.

236

A boca de Agglax se abre amplamente, como se ele fosse gargalhar, mas você não ouve gargalhada nenhuma. Ao invés disso, um jato de gás congelante dispara da boca dele, envolvendo-o por completo. Em segundos você é congelado, um troféu para o vitorioso Agglax.

237

Antes que possa se recuperar, você prende os braços de Vine às costas dele em um apresamento firme. Você aumenta a pressão até ele gritar: "Desisto!". Você solta seus braços e o ajuda a se levantar. Ele esfrega os ombros e diz: "Estranho, você é um campeão de valor. Você agora tem quinze homens das colinas à sua disposição". Vinte minutos mais tarde, depois de os homens das colinas terem reunido suas armas e pertences, você parte para se reunir a seu exército, satisfeito por saber que a distração valeu a pena. Vá para **104**.

238

Seu grupo avança para a aldeia com espadas em punho e chegam aos restos nojentos de elfos da floresta que foram brutalmente massacrados, sem dúvida pelos servos de Agglax. Examinando os arredores, você percebe uma pequena estátua de bronze sobre uma base de madeira na frente da maior cabana da aldeia. Se quiser pegar a estátua, vá para **168**. Se preferir voltar ao exército, vá para **88**.

239

Com uma tocha ardente entre os dentes, você é baixado para dentro da escura câmara. A criatura continua a rasgar sua vítima. Você corre túnel abaixo e vê a imagem nojenta de uma fera enorme e peluda devorando o elfo. Sangue pinga da mandíbula da criatura quando ela olha na sua direção. Brandindo a espada, você desafia o brutal urso nandi.

URSO NANDI   HABILIDADE 9   ENERGIA 11

Se vencer, vá para **362**.

240

O rabo do escorpião serpenteia acima de sua cabeça e o acerta com o ferrão venenoso. O veneno é de ação rápida e você logo começa a se sentir extremamente doente e febril. Perca 4 pontos de ENERGIA e 1 ponto de HABILIDADE. Você cambaleia para um beco e encontra um esconderijo atrás de alguns barris, onde você pode se deitar.

Algum tempo depois, você acorda e se vê capaz de voltar a andar, então parte em busca de uma taverna. Vá para **52**.

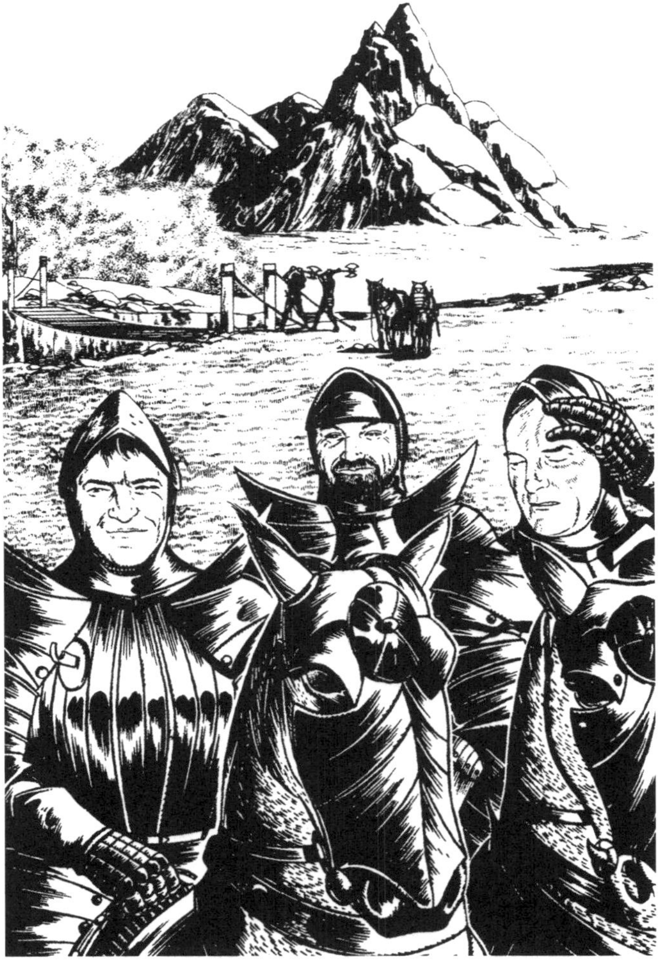

241

À frente, uma ponte de madeira atravessa um abismo, mas você vê que ela é guardada por cinco cavaleiros montados em cavalos. Quando um deles o vê, dois desmontam e caminham para a ponte, cada um carregando um machado. Preparados para cortar as cordas que prendem a ponte, eles ficam parados, esperando com os machados erguidos acima da cabeça. Os outros três cavaleiros, ainda montados, erguem os visores e dizem, um de cada vez, da esquerda para a direita: "Sou *sir* Pierce"; "Sou *sir* Dean"; "Sou *sir* Trevor". O que se apresentou como *sir* Dean então continua: "Somos os guardiões da Ponte Torcida. Se quiserem atravessá-la, devem responder a uma pergunta". Se quiser ouvir a pergunta, vá para **248**. Se preferir atacar os cavaleiros, vá para **148**.

242

Uma busca pelas posses dos orcs revela 10 peças de ouro e algumas armas extras para seus homens. Depois que elas são distribuídas, você sai da floresta para se reunir com o resto de suas tropas. Vá para **295**.

243

Quando você corta as cordas que a prendem, a elfa começa a chorar: "Obrigada. Obrigada por me salvar. Sou treinada em poderes mentais e esperava criar uma barreira que pudesse defletir a espada, mas não sabia se seria capaz de fazê-lo. Gostaria de ter podido praticar primeiro com alguma coisa menos pontuda que uma espada, mas meus captores não me deram chance". Ela recupera a compostura, tira um anel do dedo e diz: "Por favor aceite este anel como um símbolo de minha gratidão. Ele vai trazer-lhe sorte". Se quiser aceitar o anel, vá para 270. Se preferir recusar o presente educadamente, pegue sua mochila caso a tenha jogado e retorne a seus homens lá fora. Vá para 211.

244
Os guerreiros largam suas espadas e agarram os braços do homem-rocha. Mas sua força é sobrenatural e o monstro aumenta a pressão sobre seu peito, que acaba esmagando como se você fosse uma caneca de lata. Sua missão acabou.

245
Depois de guardar o ouro, o velho lhe alcança o corvo e diz: "Agora, Billy, quero que você seja um bom amigo para seu novo dono". Com o corvo empoleirado em seu ombro, você sai da loja. Assim que parte, o velho tranca a porta e pendura um aviso de "FECHADO" na janela. Você desce a rua e decide conversar com seu novo bichinho de estimação. Você pergunta ao corvo se ele tem alguma sugestão de lugar interessante para visitar. O corvo de repente voa de seu ombro, circula acima de sua cabeça e grasna: "A Floresta Madeira Negra! Vejo você lá!". Então ele grasna alto de novo, como

se estivesse rindo, e voa para o céu, desaparecendo entre os telhados de Zengis. Irritado de imediato, você corre de volta à loja e bate na porta com força, mas não há resposta. Incomodado com sua estupidez de comprar o corvo, você parte sozinho rua abaixo. Vá para **218**.

246

Um tridente prateado passa voando por cima de sua cabeça e acerta um dos mastros atrás de você. Uma figura ágil então parte correndo de trás dos barris e mergulha pela lateral do navio na água do rio, produzindo apenas um chapinhar baixinho. Você dá uma olhada, mas não vê nenhuma cabeça emergir. Quem ou o que o atacou deve ser um excelente nadador. Você caminha para os barris e vê pegadas com membranas entre os dedos no convés, talvez feitas por um homem-peixe. *Teste a sorte*. Se for *sortudo*, vá para **43**. Se for *azarado*, vá para **375**.

247

Em uma longa coleira de cipó, o glob caminha devagar à sua frente, avançando por entre as árvores e arbustos. Você grita para os outros membros de seu grupo de caça voltarem ao exército principal e aguardarem seu retorno. O glob acelera o passo e o conduz a uma estátua enorme, coberta de musgo, misteriosamente postada em meio às árvores. Trata-se da estátua de um rei desconhecido, de pé em uma pose estranha: um dos braços está esticado, terminando em um punho cerrado, enquanto o outro está igualmente esticado, mas termina em um dedo esticado, apontando. Quando você se aproxima para examinar a estátua, o glob pega uma faca escondida atrás da estátua e se liberta. Você ouve um barulho vindo dos arbustos — mas é tarde demais, pois o glob desapareceu. Entretanto, você fica intrigado com a estátua, e nota uma faixa limpa no dedo esticado; você presume que havia um anel colocado nele. Se tiver um anel de ouro e quiser colocá-lo no dedo da estátua, vá para o número inscrito no anel. Se não o tiver ou não quiser colocá-lo no dedo da estátua, vá para **189**.

248

"Somos os Cavaleiros Brancos e lutamos do lado da ordem", diz sir Dean em voz alta. "Se puder provar que também está alinhado com a ordem e digno de nossa ajuda, deve responder a uma pergunta. Qual dos três pupilos brilhantes que treinou na escola do Grande Mago de Outrora é o filho de um sacerdote de Salamonis?". Você vai responder:

Yaztromo?	Vá para **174**
Nicodemus?	Vá para **291**
Pen Ty Kora?	Vá para **391**

249

Você observa confiante enquanto o taverneiro enche sua caneca. Você a leva aos lábios mais uma vez e engole a Mistura do Demônio em um gole só. Quando você se põe de pé e vira-se para caminhar até uma das mesas, o salão de repente começa a girar à sua frente e você vê tudo duplicado. Role dois dados. Se o resultado for igual ou menor que sua HABILIDADE, vá para **61**. Se for maior, vá para **157**.

250

"Você é muito perspicaz, meu amigo", diz o oráculo. "Agora, o teste final. Quero que você faça um truque mágico para mim. Você pode me ouvir, mas não pode me ver. Acho que deveríamos ficar em pé de igualdade. Torne-se invisível!". Se tiver um saltador de estimação, vá para **224**. Se não tiver tal criatura, vá para **108**.

251

Você não encontra nada de interesse nos corpos dos goblins do esgoto. Se quiser descer pelo túnel até os esgotos abaixo do beco, vá para **31**. Se preferir investigar os barris, vá para **137**.

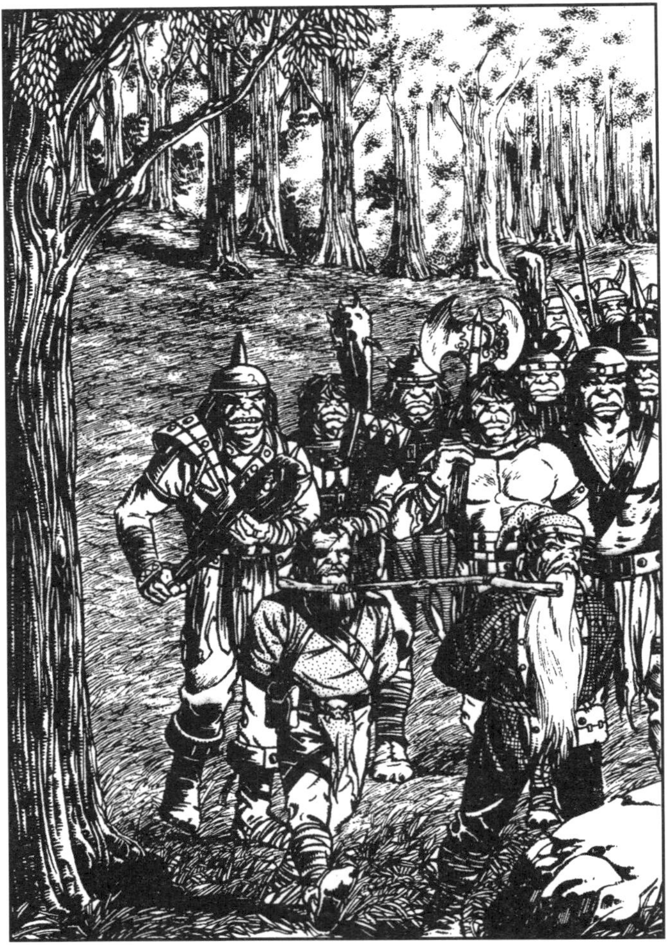

252

Meia hora depois, você vê algumas figuras entrando na clareira pelo lado contrário ao seu. Dois anões, com as mãos amarradas às costas e os pescoços presos a varas bifurcadas presas dos dois lados, estão sendo levados para uma rocha por um grupo de hobgoblins. Você conta quinze hobgoblins no total. Um dos anões é solto da vara no pescoço e então forçado a se ajoelhar. Sua cabeça é empurrada para a rocha enquanto outro hobgoblin se aproxima com um machado de duas lâminas. Para impedir a execução, você corre para a clareira com vinte e cinco de seus guerreiros. Lute uma *escaramuça*. Se vencer, vá para **191**.

253

O escorpião não o pica e você rapidamente o joga de sua mão. Você pensa sobre todos os problemas que já teve em Zengis até aqui e, decidido a não se deixar perder mais tempo, procura uma taverna. Vá para **52**.

254

Você persegue Agglax e logo o alcança, pois ele avança com dificuldade pelo campo cheio de corpos em seus mantos compridos. Você o chama e ele de repente para e mira seus olhos de maneira penetrante. Você precisa entoar a rima para ativar o cristal. Vá para o número da rima. Se não o souber ou se não se lembrar dele, vá para **79**.

255

"Estou bem inclinada a negociar a proposta", diz Max, "mas vamos decidir o preço lutando com estas espadas de madeira. Se eu o acerar no peito primeiro, o preço subirá para 300 peças de ouro. Se você acertar o meu peito primeiro, o preço será de 100 peças de ouro". Se quiser lutar contra Max, vá para **41**. Se preferir mudar de ideia e pagar o valor original pedido por ela, vá para **124**.

256

Antes que você possa acertar a criatura com a espada, o moedor de barro de repente serpenteia para a frente. Você é esmagado pelo abdome pesado da fera e é empurrado para baixo da água. Você luta por alguns momentos, mas acaba ficando sem ar. Sua aventura chegou ao fim.

257

Com o escudo acima da cabeça em uma das mãos e seu machado na outra, você começa a pôr a árvore abaixo. Percebendo o que está acontecendo, o glob tenta saltar dos galhos para outra árvore. Mas o galho que ele escolheu não aguenta seu peso e ele cai no chão com uma batida forte. Antes que ele possa se recuperar, você amarra as mãos dele às costas com um pouco de cipó. Você o interroga sobre a aldeia e sobre Agglax; mas o glob só compreende algumas palavras do idioma humano e não consegue responder. Você vai:

Matar o glob?	Vá para **29**
Gesticular que quer tesouros?	Vá para **247**
Libertar o glob?	Vá para **169**

258

Você ordena a seus homens que se afastem das laterais do barco para não afugentar os salteadores do rio. Ganchos são jogados das canoas e os salteadores começam a subir aos berros. Quando chegam ao convés, são recepcionados por vinte arqueiros élficos com as flechas apontadas para eles. Dez são capturados sem luta antes que os outros percebam o que está acontecendo e mergulhem de volta às canoas. Você oferece aos dez assassinos a chance de servir em seu exército ou serem escravizados pelo Capitão Barnock. Eles têm pouca opção e aceitam sua oferta de imediato. Você toma o belo escudo do líder deles e coloca-o no braço (some 1 ponto de HABILIDADE). Assim, com algumas adições inesperadas a seu exército (some 1 ponto de SORTE), você instrui o Capitão Barnock a continuar navegando. Vá para 309.

259

Os sacos do gark que estavam amarrados a seus cintos estão cheios de bugigangas sem valor. Você logo se reúne com seu exército e embrenha-se mais fundo na floresta. Vá para 180.

260

Meia hora depois de ser mordido pelo lobisomem, você começa a desenvolver uma febre. Para o seu horror, você percebe que se trata do primeiro sintoma de licantropia, a terrível doença que transforma humanos em licantropos. Desesperado, você acorda suas tropas na esperança de que alguém tenha beladona. *Teste a sorte*. Se for *sortudo*, vá para **127**. Se for *azarado*, vá para **51**.

261

Você chama alto mais uma vez, dizendo que veio em paz e que deseja contratar homens para seu exército, para enfrentar Agglax. De repente, um homem de aparência robusta com cabelos compridos e vestindo peles de animais salta do telhado de uma das cabanas, aterrissando mais ou menos dez metros à sua frente. "Sou Vine, líder dos homens da colina. Queremos nos unir a seu exército, mas não queremos nenhum pagamento em ouro. Você só precisa nos provar que é um líder de verdade. Lute comigo. Se vencer, eu e outros catorze dos meus melhores homens vamos lhe servir. Se perder, ninguém se juntará a você, e embora você seja livre para ir, os dez homens com você devem trabalhar para nós por um mês inteiro". Se quiser lutar com Vine, vá para **307**. Se preferir dar a ordem para sacar espadas para mostrar a Vine que não tem tempo para sua sugestão, vá para **86**.

262

O exército marcha para o leste pela margem do rio até chegar a uma ponte de madeira. A travessia corre sem problemas, e o rio logo fica para trás enquanto você marcha para o sul através das Planícies Pagãs. Ao final da tarde você já deixou muitos quilômetros para trás; você dá a ordem para parar, permitindo que seus guerreiros bebam de um olho d'água. Entretanto, sem que você saiba, a água foi envenenada por um dos espiões de Agglax e muitos de seus guerreiros começam a ficar doentes. Em uma hora, metade deles está doente demais para marchar. Se quiser esperar que se recuperem, vá para **75**. Se preferir continuar para o sul com quinze guerreiros de sua escolha que ainda estão sadios, vá para **296**.

263

"Você é muito azarado, então sou forçado a fazer-lhe uma pergunta que pode parecer um pouco obscura", continua o oráculo. "Também sou fascinado pelo mar e pela navegação, e uma vez conheci um homem chamado Obigee. Ele mora em Zengis e trabalha em uma estalagem. Talvez você tenha ficado nela? Ele adora corridas e navega no *Harém*. Agora, aqui vai a pergunta. Quantos tripulantes tem o *Harém*?". Se souber a resposta, vá para o parágrafo de mesmo número. Se não souber a resposta, vá para **108**.

264

Você engole o líquido e espera que algo aconteça. Primeiro, suas mãos e pés começam a formigar, então todos os seus membros ficam adormecidos. Sua espada parece pesada e de repente uma canseira faz com que você queira sentar. Você bebeu uma poção de fraqueza. Perca 2 pontos de sua HABILIDADE, 3 de sua ENERGIA e 1 de sua SORTE. Incapaz de se recuperar do mal-estar, você guarda o ouro e cambaleia de volta para a rua para explorar Zengis um pouco mais. Vá para **382**.

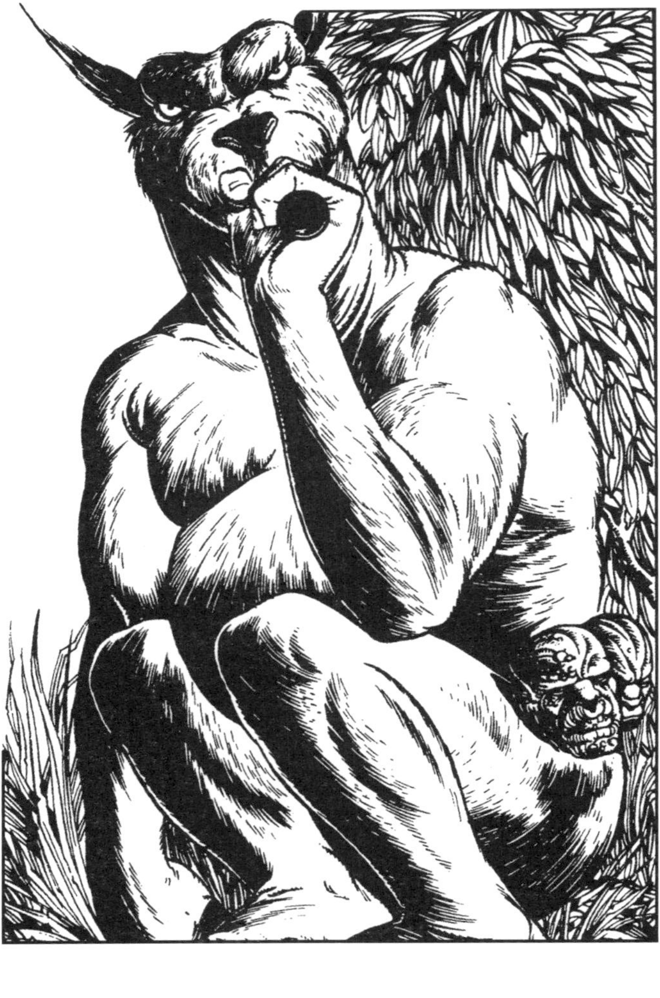

265

Você mergulha na vegetação rasteira e vê movimento nos arbustos à sua frente. Ordenando a seus guerreiros que se espalhem para tornarem-se alvos mais difíceis, você corre para o arbusto à frente. Uma pequena criatura de pele marrom de repente salta de trás do arbusto, apontando uma zarabatana comprida na sua direção. Você a reconhece como um glob devido à cabeça no formato de cão e às cabeças encolhidas que traz presas no cinto. Infames por cozinhar carne humana em caldeirões enormes, globs são odiados e caçados por todas as culturas humanas. Meio segundo depois, um dardo envenenado voa na sua direção. Se tiver um escudo, vá para 73. Se não estiver carregando um, vá para 330.

266

A luz já está se indo quando você avista a aldeia de Karn, uma parada conhecida de viajantes e a última aldeia humana por muitos quilômetros. Ela só tem cinquenta construções, muitas das quais são tavernas, armazéns e salões de jogos. Você leva seus homens para uma estalagem e diz para eles se alimentarem bem e irem dormir tão cedo quanto possível, pois você pretende partir à primeira luz da manhã. Você decide dar uma volta na aldeia depois da janta. Se quiser entrar na taverna "Porco Azul" para procurar por um guia, vá para 357. Se preferir procurar um salão de jogos, vá para 100.

267

Sua reação é lenta demais e você é acertado por um tridente prateado. Role um dado. Se o resultado for 1 a 3, vá para **397**. Se for 4 a 6, vá para **170**.

268

Você logo chega a outro cruzamento na rua. Se quiser ir para a esquerda, vá para **338**. Se quiser seguir reto, vá para **102**.

269

Outro troll das colinas na linha de frente pega uma rocha enorme e arremessa-a contra você quando você salta para ajudar o guerreiro. Se você tiver Laas dos nortistas com você, vá para **288**. Se não o tiver em seu exército, vá para **23**.

270

Você pega o anel e o coloca no dedo mínimo devido a seu pequeno tamanho. A elfa de repente começa a rir, mas se trata de uma risada sinistra. Ela começa a puxar as orelhas e você a vê arrancar toda a pele do rosto, revelando um crânio horrível, com olhos verdes cheios de veias. Ela solta a máscara no chão e avança na sua direção, com a boca bem aberta. Você tenta sacar a espada, mas se vê incapaz de se mover. Com ferocidade terrível, ela começa a morder sua garganta, como é típico das bruxas embusteiras. Sua aventura terminou.

271

Quando você chega à cadeia, o carcereiro o olha com cuidado enquanto os guardas explicam as razões de você ter sido preso. "Deixe o aventureiro ir", diz o carcereiro, para a sua surpresa. "Ouvi rumores sobre Agglax e vi o exército acampado fora de Zengis com meus próprios olhos". O guarda se vira de lado, abrindo caminho para você ir embora. Você se apressa para sair da cadeia e atravessa a rua rumo a uma taverna que viu no caminho. Some 1 ponto de Sorte e vá para 78.

272

Você desaba na mesa, de repente desesperado por oxigênio. Você perde a consciência e a morte logo o alcança. Enquanto a multidão se aproxima para ver o que está acontecendo, uma figura encapuzada e sombria foge furtiva por uma porta lateral. Agglax ficará satisfeito com seu assassino.

273

Você avança cauteloso para a boca, esperando que uma armadilha dispare a qualquer momento. Mas não acontece nada e você pode prosseguir até que o corredor termine em mais uma bifurcação. Se quiser ir para a esquerda, vá para 372. Se preferir a direita, vá para 393.

274

Menos de uma hora depois, o chão parece encharcado e você percebe que está marchando direto para um pântano. Se quiser atravessar o pântano, vá para 199. Se preferir caminhar às margens do pântano, vá para 342.

275

Depois de limpar as secreções pegajosas da aranha de sua espada, você dá uma olhada na caverna. Escondida por uma pilha de destroços, você encontra uma caixa de prata com uma estrela cadente entalhada na tampa. Algo dentro da caixa chacoalha quando você a balança. Se quiser abrir a caixa, vá para **398**. Se preferir deixá-la onde está, voltar à trilha e continuar marchando, vá para **181**.

276
A multidão que observava a luta dentro da taverna não parece muito satisfeita com o resultado. Você decide correr para a porta antes que as coisas fiquem feias. Você corre para a rua batendo a porta da taverna às suas costas, e continua sem parar. Vá para **382**.

277
Piratas não dão bola para bandeiras de rendição e certamente não são conhecidos por sua piedade. Seu navio vem com tudo para o *Tucano Voador*, acertando-o bem no meio. Você é jogado longe pela batida. *Teste a sorte*. Se for *sortudo*, vá para **384**. Se for *azarado*, vá para **215**.

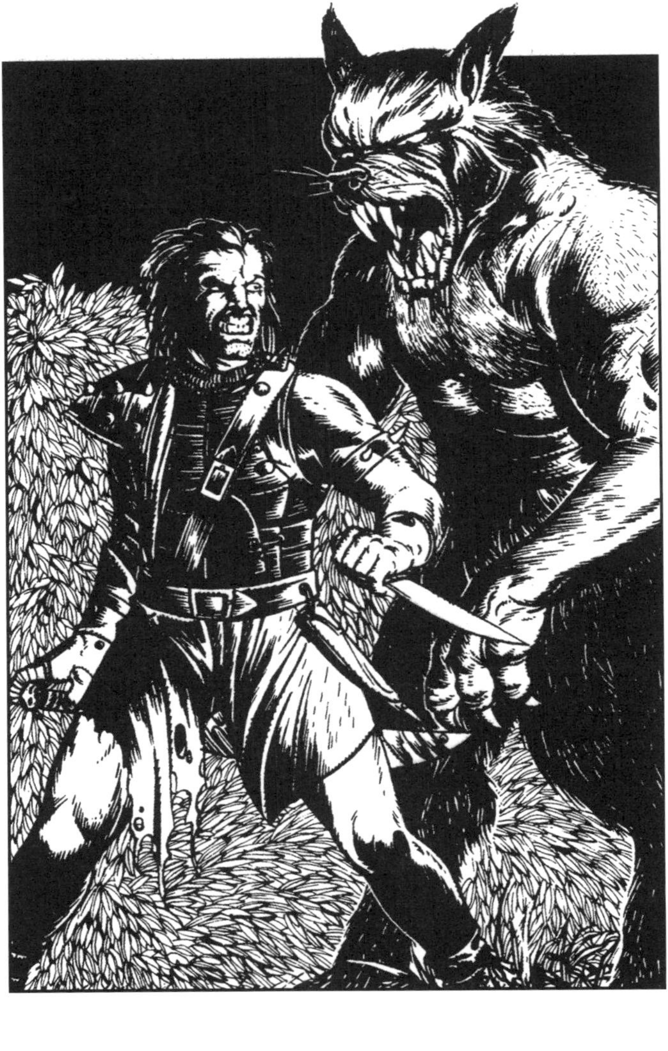

278

Não muito depois da meia-noite, você é acordado pelo som lúgubre de uivos de lobos. Incapaz de dormir, você decide descobrir se as sentinelas viram algum lobo. Você pode ver um pouco à frente na floresta iluminada pela lua e de repente capta uma figura sombria se movendo entre os arbustos. Espreitando atrás de uma sentinela, um lobisomem ergue a cabeça e uiva para o céu escuro antes de saltar para a surpresa sentinela. Sacando a espada, você corre em auxílio. Se estiver usando o dente do yeti, vá para **70**. Se não estiver usando este amuleto, vá para **374**.

279

Você acorda de manhã, recebido por um céu azul e brilhante que contradiz por completo a ameaça que paira sob Allansia. Seu exército logo está em movimento de novo e uma hora e pouco depois as torres e telhados de Zengis são avistados. Você aponta um guerreiro grande e robusto de nome Lexon como seu segundo em comando; você o instrui a levar os homens para um campo fora da cidade e acampar lá. Você os quer longe de problemas a bem descansados para a longa marcha do próximo dia. Você diz a Lexon que vai passar a noite em Zengis para recrutar mais tropas e talvez ouvir rumores sobre Agglax, o demônio das sombras. Prometendo estar de volta ao meio-dia do dia seguinte, você caminha para Zengis e entra na cidade pelos portões principais. Você decide entrar na taverna mais próxima, uma vez que se trata de um bom lugar onde encontrar tanto guerreiros quanto rumores. Descendo uma rua estreita entre casas antigas, você de repente vê um anel de ouro próximo ao esgoto. Se quiser pegá-lo, vá para **292**. Se preferir ignorá-lo e rumar para a taverna, vá para **52**.

280

A parede desliza de volta a seu lugar atrás de você, e você de repente se sente aprisionado enquanto continua a caminhar. Mais adiante no túnel, você percebe um pedaço de papel no chão. Se quiser pegá-lo e lê-lo, vá para **343**. Se preferir continuar caminhando, vá para **166**.

281

Você corta a bolsa do cinto do homem com o machado e a enfia nas roupas enquanto os guardas da cidade se aproximam, as lanças apontando para seu peito. Eles o desafiam; você conta sobre sua missão e descreve como o homem com o machado tentou roubá-lo. Eles se entreolham, sem saber se acreditam ou não em você. *Teste a sorte*. Se for *sortudo*, vá para **163**. Se for *azarado*, vá para **324**.

282

Você ouve gritos horríveis atrás de você e descobre que cinco de seus guerreiros caíram vítimas de uma armadilha de fosso, sem dúvida deixada pelos servos de Agglax. Amaldiçoando o demônio das sombras, você continua marchando e chega à borda leste da floresta logo antes do anoitecer. Você decide acampar sob a cobertura das árvores. Olhando para o céu noturno que finalmente está visível de novo, você vê que se trata de uma noite de lua cheia. Você decide postar soldados extras de sentinela esta noite, sempre preocupado com a presença de licantropos. Vá para **278**.

283

Você cambaleia para trás e a flecha atinge o chão, errando você por centímetros. Seis arqueiros reagem rápido, preparam seus arcos e disparam flechas contra o wyvern enquanto o goblin o conduz para o alto. Role um dado. Se o resultado for 1 ou 2, vá para **109**. Se for entre 3 e 5, vá para **9**. Se o resultado for 6, vá para **326**.

284

Se ainda não tiver feito isso, você pode descer para o esgoto (vá para 31) ou descer o beco e virar à esquerda na rua (vá para 177).

285

Com uma tocha ardente entre os dentes, você é baixado para dentro da escura câmara. Você chega ao chão de uma enorme câmara com um cheiro horrível de fezes de animais. A câmara está vazia, mas você vê um túnel que leva para fora dela. Se quiser entrar pelo túnel, vá para 345. Se preferir subir de volta pela corda e deixar a clareira, vá para 315.

286

A bola de fogo passa assoviando entre os mastros, e atinge inofensivamente a água do rio. Vá para 21.

287

Dentro da loja você é recebido por uma velha amigável que se chama Bonny. "Fique à vontade para dar uma olhada, pois tudo está à venda", diz ela, alegre. Duas das paredes estão forradas de prateleiras do chão até o teto; repletas de bugigangas recolhidas ao longo dos anos, a maior parte coberta de pó. Você olha todas as prateleiras, examina um ou outro objeto quando alguma coisa que desperta seu interesse, e tudo traz um preço:

Coruja de latão	10 peças de ouro
Lampião de cobre	5 peças de ouro
Elmo	10 peças de ouro
Caixa de marfim	5 peças de ouro
Vaso verde	20 peças de ouro

Compre alguma coisa, ou não compre nada antes de sair da loja e continuar pela rua. Vá para **141**.

288

Próximo a você, o nortista vê que o troll das colinas está para arremessar uma rocha. Ele mergulha de cabeça na sua direção, para tirá-lo do caminho. Você é derrubado no chão; olhando para trás, você vê Laas rindo, seus braços ainda presos às suas pernas. Você agradece rapidamente, e salta para atacar o troll das colinas, que continua golpeando o guerreiro.

TROLL
DAS COLINAS   HABILIDADE 9   ENERGIA 8

Se vencer, vá para **379**.

289

Você logo alcança o wyvern e o goblin, mas encontra ambos mortos. Uma busca nos bolsos do goblin revela a corda de um arco e cinco pontas de flecha, para as quais você não tem utilidade. Consciente de que Agglax pode enviar mais criaturas para matá-lo, você dá a ordem de marchar para Garra, mas com suas tropas em uma formação muito mais fechada. Vá para **220**.

290

O homem-árvore é forte demais para ser morto, mas com seus dois galhos principais cortados, ele recua para as profundezas da floresta. O batedor não está muito ferido; você o ajuda a se colocar de pé e meio que o carrega de volta ao exército. Você dá a ordem para rumar ao sul e, em menos de meia hora, você pode ir para o leste de novo sem muita dificuldade. Vá para **180**.

291

"Você errou", diz o cavaleiro com ar severo. "Volte para o local de onde veio". Se quiser virar seu exército e marchar para o sul pela beira do abismo, vá para **327**. Se preferir atacar os cavaleiros, vá para **148**.

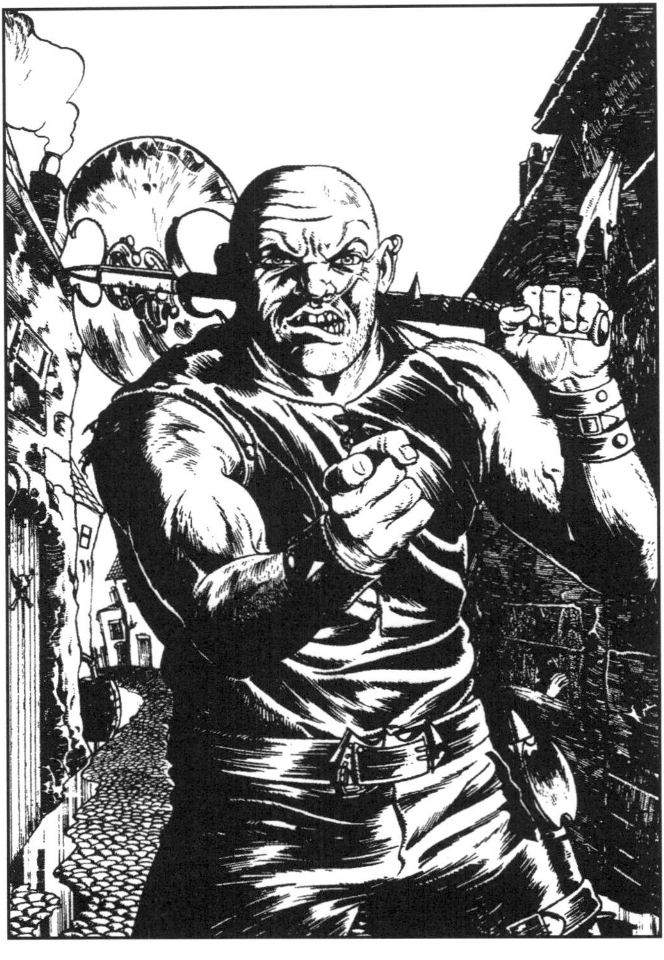

292

Você examina o anel e vê que o número "45" está inscrito nele. Você de repente sente um tapinha no ombro; virando-se, você é confrontado por um enorme homem careca, que parece irritado. Uma cicatriz horrível atravessa seu rosto da orelha esquerda até a base da bochecha. Seus músculos inchados esticam sua túnica negra, e você logo nota que ele está portando um machado de batalha. Um machado de arremesso está amarrado à sua perna. Ele aponta acusatoriamente para o seu rosto e ruge: "Esse anel é meu, forasteiro. Entregue-o ou morra". Você nota que seus dedos grossos são grandes demais para o anel e conclui que ele está obviamente mentindo. Você vai:

Entregar o anel a ele?	Vá para 333
Correr pela rua?	Vá para 126
Lutar com o homem com o machado?	Vá para 150

293

Seus reflexos são rápidos e você consegue se esquivar da adaga voando na sua direção. Uma figura sombria e encapuzada esgueira-se da multidão, fugindo por uma porta lateral antes que alguém possa alcançá-la. Você percebe que seria perda de tempo persegui-la, pois ainda terá de enfrentar muitos outros servos de Agglax antes que sua missão esteja encerrada. Então você recruta dez guerreiros por

100 peças de ouro; você diz para eles encontrarem Lexon no acampamento fora da cidade. Quando termina as contratações, você parte para a rua de novo. Vá para **95**.

294
Você não entende nada da nota e, depois de dobrá-la e guardá-la no bolso, segue pelo túnel. Vá para **166**.

295
O resto do dia passa sem incidentes; quando começa a escurecer, você procura um lugar onde acampar. Você logo encontra um local apropriado perto do rio e não demora para que se acenda uma fogueira e os cozinheiros comecem a preparar porcos assados. Todos comem bem, satisfazendo seus enormes apetites depois de um longo dia de marcha. Depois de postar seis sentinelas para a noite, você se ajeita para dormir. Não muito depois da meia-noite, o som de uma coruja o acorda. A lua está quase cheia e, sentindo-se bastante acordado, você decide ir até a margem do rio e checar as sentinelas. Você caminha para o leste pela margem até ver a silhueta da primeira sentinela, sua lança apontando para o céu. Antes que possa alcançá-la, entretanto, você de repente percebe duas figuras sombrias subindo o rio furtivamente. Elas sobem a margem na direção da sentinela e você vê que portam tridentes, a arma favorita dos homens-peixe! Você grita para a sentine-

la enquanto corre para ajudá-la. Enquanto avança, você vê que os atacantes são definitivamente homens-peixe, suas escamas e cabeças bulbosas sendo inconfundíveis. Você corre para o mais próximo, a sentinela usando sua lança contra o outro.

HOMEM-PEIXE   HABILIDADE 7   ENERGIA 7

Se vencer, vá para **16**.

296

Duas horas depois, você vê uma figura solitária caminhando devagar na sua direção. Você logo vê que se trata de uma velha mancando, usando uma vara de madeira como bengala. Quando você passa por ela, a anciã segura sua mão e diz em uma voz rouca: "Dê-me uma peça de ouro". Se quiser dar uma peça de ouro para a velha, vá para **156**. Se preferir caminhar sem parar, vá para **38**.

297

"Desculpe, mas sou incapaz de responder a suas perguntas, já que você não conseguiu me agradar. Adeus". Os olhos da cabeça de pedra se fecham mais uma vez e você é deixado para ponderar sobre o que fazer a seguir. Você ouve um rangido áspero atrás de você; virando-se para examinar, vê uma parte da parede deslizando. Você não tem alternativa além de seguir pelo túnel que acabou de surgir. Vá para **280**.

298

Você navega para a margem norte a fim de descobrir o que o homem de cabelos compridos quer. Quando você se aproxima, nove outros homens emergem de arbustos, mas não tocam em suas armas. O que acenou para você baixa os braços e grita: "Saudações, forasteiro. Eu e meus companheiros nortistas ouvimos falar de sua nobre missão e queremos nos juntar a seu exército. Por 10 peças de ouro por homem, lutaremos até a morte ao seu lado, caso seja necessário". Se quiser contratar os nortistas, vá para **30**. Se recusar a oferta e navegar sem eles, vá para **203**.

299

Duas horas mais tarde você está de volta ao olho d'água, onde encontra suas tropas completamente recuperadas e prontas para marchar. Você parte para o leste e, depois de cruzar um dos afluentes do Rio Kok, você chega à borda da Floresta dos Demônios. Árvores retorcidas e negras se erguem, formando uma muralha ameaçadora. Se Thog estiver com você, vá para **36**. Caso contrário, vá para **158**.

300

Uma vez de volta ao beco, você tem de decidir o que fazer a seguir. Se ainda não tiver feito isso, você pode investigar os barris (vá para **137**) ou voltar à rua e virar à esquerda (vá para **177**).

301

A boca de Agglax se abre amplamente, como se ele fosse gargalhar, mas você não ouve gargalhada nenhuma. Ao invés disso, um jato de gás congelante dispara da boca dele, envolvendo-o por completo. Em segundos você é congelado, um troféu para o vitorioso Agglax.

302

O machado o acerta na panturrilha, deixando sua perna inteira dolorida. Perca 2 pontos de ENERGIA. Incapaz de correr, você puxa o machado dolorosamente de sua perna bem quando o homem o alcança. Ele debocha de você, brandindo o machado de batalha no ar, formando um "oito" com a trajetória da arma. Você não tem escolha a não ser enfrentá-lo.

HOMEM COM
O MACHADO   HABILIDADE 8   ENERGIA 8

Durante este combate, Perca 1 ponto de sua HABILIDADE devido ao ferimento na perna. Se vencer, vá para **101**.

303

Bastante visível, você fica de pé à frente do rosto de pedra gritando números. "Só é permitida uma tentativa", diz o oráculo, solene. Vá para **108**.

304

A flecha do goblin afunda em seu peito com precisão mortal. Sua aventura acabou.

307

305

Você tem sorte de não ter sido mordido pelo lobisomem, pois poderia contrair licantropia, a terrível doença que transforma humanos em licantropos como ele. O resto da noite passa sem incidentes, e de manhã você conduz seu exército para fora da floresta, atravessando a nova planície. Vá para **323**.

306

A mochila erra a espada, bate na parede do outro lado e cai no chão. O impacto joga uma das tábuas do chão para cima e solta o barbante segurando a espada. Ela cai diretamente na elfa, mas, para sua surpresa, simplesmente ricocheteia no estômago dela. "Desamarre-me", ela implora, "e explicarei tudo!". Se quiser libertá-la, vá para **243**. Se preferir deixar a estranha elfa, pegar a mochila e reunir-se a seus homens lá fora, vá para **320**.

307

Quando você solta a espada, os homens de Vine surgem do nada e formam um círculo ao redor de vocês dois. Seus próprios homens se aproximam para torcer por você. Vine se abaixa com os braços esticados, enquanto seus olhos atentos o observam intensamente. Ele pisa para um lado, finta com um salto e continua andando em círculos, acompanhando a multidão ao redor. Você o segue com os olhos, tentando permanecer relaxado, imaginando se ele vai atacar. Se quiser fazer o primeiro movimento, mergulhando para as pernas de Vine, vá para **194**. Se preferir esperar e deixar Vine fazer o primeiro movimento, vá para **67**.

308

Seu pé esquerdo pisa em uma serpente e, sem surpresas, ela se defende afundando as presas na sua panturrilha. A maioria das serpentes da Floresta dos Demônios é venenosa, e esta não é exceção. Perca 4 pontos de ENERGIA. Se ainda estiver vivo, vá para **162**.

309

Você navega sem incidentes por mais uma hora, quando então alguém avista um tronco flutuando pelo rio com um homem sobre ele, rosto virado para baixo e imóvel, com os membros caídos dentro da água. Se quiser resgatar o homem, vá para **119**. Se preferir continuar navegando sem parar, vá para **234**.

310

Vinte minutos depois você chega ao fim do abismo e pode continuar para o leste mais uma vez. *Teste a sorte*. Se for *sortudo*, vá para **186**. Se for *azarado*, vá para **282**.

311

Sem querer se deixar ser arrastado para uma conversa fútil, você se põe de pé e diz aos vagabundos que sabe exatamente onde seu primo mora e que precisa ir embora. Sem esperar por uma resposta deles, você deixa a taverna para explorar Zengis um pouco mais. Vá para **382**.

312

Você chega a uma trilha cortada por entre a vegetação rasteira. Ela corre no sentido norte-sul. Você vai:

Continuar para o leste?	Vá para **349**
Rumar para o norte pela trilha?	Vá para **233**
Rumar para o sul pela trilha?	Vá para **6**

313

Suas perdas são grandes, mas poderiam ser piores. Cinco guerreiros e cinco elfos morreram a bordo do *Tucano Voador*, e cinco anões e dez cavaleiros se afogaram no rio, afundados pelo peso de suas armaduras. Os sobreviventes parecem confiantes por ter terra firme sob seus pés e estão prontos para continuar marchando. Você parte mais uma vez, na esperança de alcançar Zengis no próximo dia. Vá para **366**.

314

A rua logo vira à esquerda de novo e, quando as sombras começam a esgueirar-se das laterais das construções, você decide que está na hora de encontrar uma estalagem. Uma delas, chamada "Casa de Helen", é a primeira que você encontra. Oferece quartos a 1 peça de ouro por noite. Se quiser passar a noite na "Casa de Helen", vá para **368**. Se preferir encontrar outro lugar, vá para **146**.

315

Caminhando pela trilha, você começa a ter a desconfortável sensação de que está sendo observado. Você de repente ouve um grito vindo de trás; olhando ao redor, você vê que um de seus guerreiros caiu no chão agarrando um dardo fincado em seu pescoço. Outro guerreiro cai, e você percebe que suas tropas são alvo de zarabatanas escondidas. Role três dados e some 2 ao resultado: este é o número de soldados que morreram como resultado dos dardos envenenados. Se quiser perseguir os atacantes através da vegetação junto com dez guerreiros, vá para **265**. Se preferir marchar rápido antes de perder ainda mais homens, vá para **130**.

316

As forças de Agglax tiveram tempo de se reagrupar enquanto você lutava com os demônios do fogo. Marchando para você há uma longa linha de guerreiros do caos com suas armaduras negras e cheias de cravos adornadas com tesouros de batalhas anteriores. Flâmulas tremulam acima deles na brisa, seu símbolo do dragão vermelho identificando sua aliança com o Mal. Trolls enormes marcham atrás dos guerreiros do caos, com orcs e goblins em ambos os flancos, embora não haja sinal do próprio Agglax. O exército avançando de repente para, e a planície é tomada por um silêncio sepulcral. Então, um pequeno gremlin corcunda toma a frente das forças do mal e começa a dançar e entoar um cântico. Terminando com um guincho penetrante, ele cai no chão. Os guerreiros do caos avançam, passando por cima do gremlin. Eles apertam o passo para um trote rítmico; batem os pés em um som que deixa suas tropas nervosas. Brandindo todo tipo de machados, lanças, porretes com cravos e maças, eles avançam para você, entoando cânticos de batalha. Flechas não vão detê-los e você precisa decidir como enfrentá-los. Se quiser liderar seus cavaleiros na batalha, vá para 359. Se preferir enviar os anões para lutar contra os guerreiros do caos enquanto espera para ver como a batalha progride, vá para 91.

317

Os fanáticos guerreiros do caos matam seus cavaleiros até que só restam cinco deles de pé. Você sofre um corte fundo em sua coxa e um corte feio no braço esquerdo ao matar um dos atacantes. Perca 4 pontos de ENERGIA. Com a espada vermelha de sangue, você se vira para enfrentar outro guerreiro que grita para você.

GUERREIRO
DO CAOS   HABILIDADE 10   ENERGIA 11

Se vencer, vá para 351.

318

O guerreiro pega a chave do pescoço do morto antes de deixá-lo continuar flutuando pelo rio rumo ao mar e um túmulo de água. O guerreiro então nada de volta ao navio e lhe alcança a chave. Inscrito no barril você vê o número "222". Fazendo uma anotação mental do número, você guarda a chave no bolso e ordena ao Capitão Barnock que continue navegando. Vá para **234**.

319

"Trata-se de uma jornada perigosa", ele diz, devagar. "E não sou tão jovem quanto já fui. Mas prefiro enfrentar o perigo a ficar sentado aqui o dia inteiro. Irei com você por 20 peças de ouro. Vou conduzi-lo pela temida floresta". Você paga Thog e volta com ele para a estalagem.

Cedo na manhã seguinte você acorda seus homens e logo vocês estão marchando de volta ao exército que lhes aguarda. Thog começa a contar sobre suas antigas aventuras que, depois de duas horas, começam a ficar extremamente chatas. Felizmente, vocês chegam de volta ao olho d'água onde seu exército está mais uma vez saudável e pronto para marchar. Thog os conduz em uma linha reta para o leste e, depois de cruzar um dos afluentes do Rio Kok, vocês chegam à borda da sombria floresta. Árvores negras e retorcidas se erguem formando uma muralha ameaçadora. Há muitos murmúrios baixinhos, mas então Thog grita, alegre: "Vamos, sigam-me. São apenas algumas árvores e alguns macacos". Quando vocês adentram a floresta, a luz do dia vai ficando mais fraca rapidamente, com as grossas copas de árvores acima, e o lugar inteiro está quieto como a morte. "As criaturas estão nos observando", sussurra Thog. "Mas os pequenos ao longo da borda da floresta não nos farão mal. Precisamos nos preocupar é com os que vamos encontrar mais tarde. Vamos virar à direita aqui para evitar os homens-árvore". Seu exército avança pela floresta, rumo às profundezas mais escuras. Vá para **180**.

Quando fecha a porta atrás de você, você ouve a elfa amaldiçoá-lo por abandoná-la. Perca 2 pontos de SORTE; mas você se convence de que a missão deve ser bem-sucedida a qualquer custo e nada deve distraí-lo de seu objetivo. Vá para **211**.

321

Um uivo emerge da boca amplamente aberta do demônio das sombras. Uma fumaça branca começa a serpentear, subindo de seus mantos enquanto Agglax se chacoalha em dor agonizante. Ainda gritando, ele se encolhe no chão até que nada reste dele além de mantos esfumaçantes. Banido aos Planos Exteriores, para nunca mais ameaçar Allansia, Agglax foi derrotado. Vá para **400**.

322

Você alcança as 10 peças de ouro para Laz e o observa pegar o mapa de dentro dos mantos. Ele coloca o mapa na mesa e você vê Zengis no centro. Para o sul está marcada a aldeia de Karn, e mais para o sudeste as Cavernas das Pedras das Estrelas. Para o leste de Zengis fica a Floresta dos Demônios, que começa onde o Rio Kok se divide e corre para o leste, quase até a borda do mapa. Laz pega um lápis negro e marca uma cruz na borda leste do mapa, logo onde termina a Floresta dos Demônios. "É aqui que você vai encontrá-lo", diz Laz. Você dobra o mapa e o guarda no bolso da túnica. Você agradece aos vagabundos pela ajuda e deixa a taverna para explorar Zengis um pouco mais. Vá para **382**.

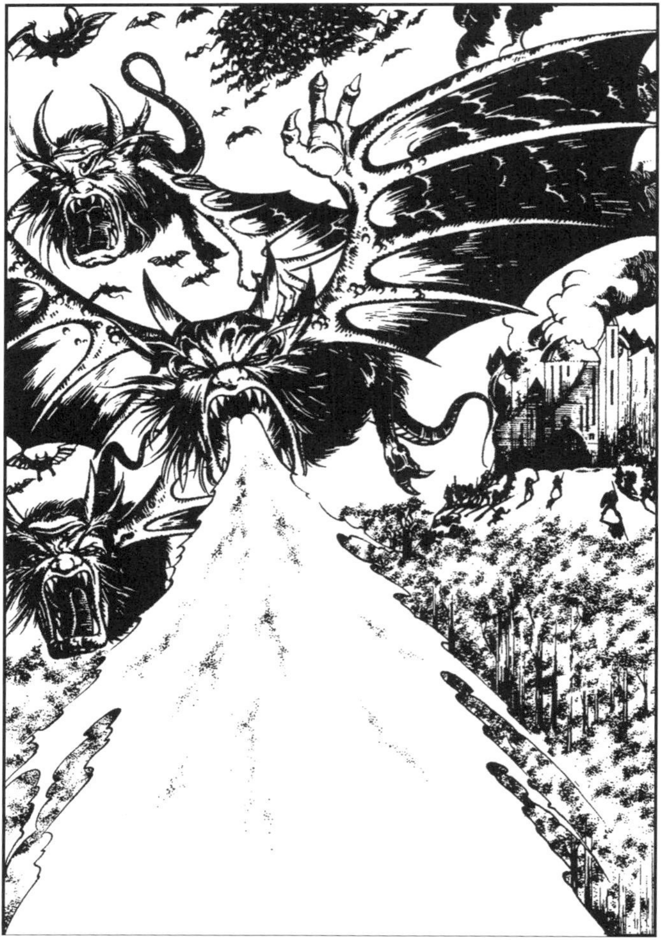

323

A manhã passa sem incidentes, exceto pelo avistamento de um jovem dragão com um goblin cavalgando suas costas. Voando além do alcance de suas flechas, o dragão circula acima de seu exército por alguns minutos e então voa para o leste, sem dúvida para reportar sua presença para Agglax. Você continua marchando e, no final da tarde, vê fumaça subindo em direção ao céu vindo de um templo em chamas que está sob ataque de guerreiros do caos. Mas quando você vira seu exército para o templo, se dá conta de que algo ou alguém não quer que você pare a carnificina. Uma pequena nuvem negra de criaturas voadoras avança rápido para você, e quando mergulham para atacar seu exército, você vê que são demônios do fogo. Com menos de um metro de comprimento, são de cor vermelha e têm um par de chifres projetando-se da cabeça e uma pequena cauda que serpenteia atrás deles enquanto voam. Cuspindo fogo de suas bocas bastante abertas, são criaturas ferozes. São mais de cinquenta no total. Se tiver algum arqueiro élfico vivo, vá para 4. Se não tiver nenhum arqueiro, vá para 386.

324

Os guardas decidem que você está mentindo e lhe dão voz de prisão. Se concordar em ir pacificamente com os guardas até a cadeia, vá para 271. Se preferir resistir à prisão e lutar com os guardas, vá para 363.

325

Você é picado por dúzias de insetos quando parte para a caixa. Você empurra a caixa para fora do barro grosso e grudento, e então sai do lago. Você arromba a caixa — e descobre que ela está cheia de ossos sem nenhuma utilidade. Você joga a caixa no lago de novo e de repente se sente tonto. Você é forçado a sentar, e logo começa a suar. Sua temperatura aumenta e você começa a tremer de febre. Um mosquito o infectou com uma forma virulenta de malária. Perca 8 pontos de Energia. Se ainda estiver vivo, role três dados. Se o total for igual ou menor que sua Habilidade, vá para **210**. Se for maior, vá para **136**.

326

Todas as seis flechas acertam o alvo no macio abdome do wyvern. Ele cai no chão, acompanhado pelos gritos do goblin. *Teste a sorte*. Se for *sortudo*, vá para **123**. Se for *azarado*, vá para **289**.

327

Uma ponte de cordas atravessa o abismo. Você ordena a um homem que cruze a ponte para se certificar de que ela vai aguentar seu peso. Ele atravessa cautelosamente e vira-se aguardando suas instruções. Se quiser ordenar a seu exército que atravesse a ponte, vá para **200**. Se preferir chamar o homem de volta e continuar caminhando, vá para **96**.

328

Você puxa a lona e se depara com um homenzinho pequeno, com não mais de noventa centímetros de altura; está vestindo roupas de um verde brilhante. Ele olha para cima com uma expressão irritada no rosto anguloso. Ele tem um chapéu de formato estranho na cabeça, que parece ficar no lugar graças às suas orelhas pontudas. "Ponha a cobertura no lugar!", ele grita com sua vozinha fina. "Estou avisando". Então, do nada, um tomate podre acerta seu rosto. Enquanto pedaços de tomate pingam de seu rosto, o homenzinho começa a rir. Você vai deixá-lo em paz (vá para **284**) ou atacá-lo (vá para **187**)?

329

Como qualquer pessoa em Fang poderia lhe dizer, um barril flutuando Rio Kok abaixo não é uma visão desconhecida; acontece uma vez por mês, e os cidadãos de Fang aprenderem a duras penas a deixá-los flutuar até o mar. Os barris são jogados no rio por uma bruxa que envenena as maçãs. Role um dado. Se o resultado for 1 ou 2, vá para **179**. Se for 3 ou 4, vá para **367**. Se o resultado for 5 ou 6, vá para **54**.

330

O dardo mortífero afunda em seu ombro. O veneno mortal espalha-se rápido por suas veias e seus efeitos são quase instantâneos. Você desaba no chão e é arrastado, terminando sua carreira em uma panela.

331

Você marcha até o final da tarde, mas quando a luz começa a se esvair, é forçado a encontrar um lugar onde dormir. Você chega a um prédio de pedra, talvez um entreposto comercial de antigamente. Uma fogueira é acesa, e você e seus quinze homens se sentam ao redor para se aquecer contra o inesperado frio da planície escura. De repente, mais alto que o som do fogo estalando, você ouve o barulho de uma rocha acertando outra do lado de fora. Você ordena a seus homens que saquem as espadas, ao mesmo tempo em que dez homens-rato atravessam as portas quebradas. Você deve lutar uma *escaramuça*. Se vencer, vá para 110.

332

Você pega o sinete e o aperta na cera quente que o calacorm pinga no pergaminho. Depois de assinar seu nome acima do selo, o calacorm grunhe, dizendo: "Vá". Sem esperar que ele mude de ideia, você atravessa a caverna para o túnel. Vá para 377.

333

O homem pega o anel da sua mão, bufa de satisfação e então vira-se e vai embora. Você parte na direção contrária, em busca de uma taverna. Vá para 52.

334

A chave gira na fechadura e você ouve um clique baixo. A próxima coisa que você ouve é o sibilo de gás escapando da fechadura. Você inala um pouco dele. Infelizmente, trata-se de um veneno mortal, e você desaba no chão, agarrando o pescoço em busca de ar. Sua aventura terminou.

335
Você dá o ouro para o velho. Ele pega a pequena criatura e a coloca em seu ombro, dizendo: "Agora, Roob, seja um bom amigo para seu novo dono. Lembre-se de tudo que eu lhe ensinei". Com o saltador sentado alegre no seu ombro, você deixa a loja e sobe a rua. Vá para **218**.

336
Um anão corre para as costas do homem-rocha e golpeia com o martelo de guerra repetidas vezes. O homem-rocha ruge de dor e diminui a pressão sobre você. Fragmentos de rocha se espalham quando ele desaba no chão. Satisfeito porque o monstro não poderá mais servir ao Mal, você dá a ordem para seu exército continuar marchando. Vá para **114**.

337
A noite em terra firme passa sem incidentes, mas à primeira luz do dia você ouve um zunido alto. Um enxame de moscas arpão grandes e negras mergulha para atacar suas tropas. Sob a chuva de ferrões afiados como agulhas e venenosos, seus homens erguem os escudos para o céu. Role um dado. Se o resultado for 1 a 3, vá para **69**. Se for 4 a 6, vá para **83**.

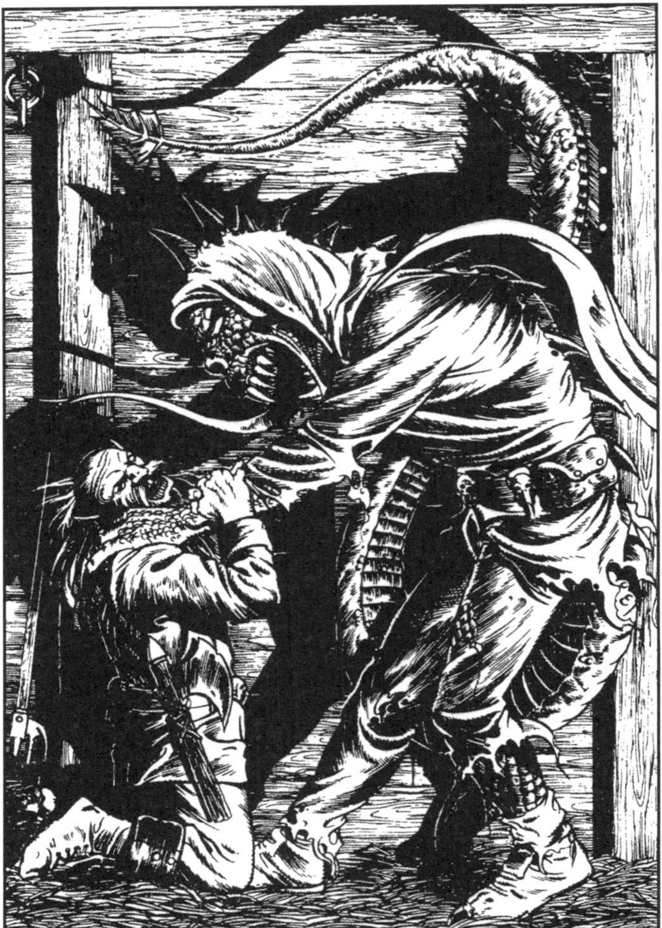

338

Quando passa pela porta aberta de um estábulo, você ouve o som de uma briga vindo de dentro. Você dá uma olhada na porta e vê um anão de joelhos, tentando afastar as garras de um atacante reptiliano de sua garganta. O adversário é verde e tem escamas, e sua espinha atravessa a roupa de cor marrom. Uma longa cauda serpenteia de um lado para o outro e sua língua bifurcada dardeja para dentro e para fora da boca. "Ajude-me!", grita o anão. "Um muda-formas me pegou". Se quiser ajudar o anão, vá para **22**. Se preferir continuar caminhando, vá para **149**.

339

A esta curta distância, um virote de besta é mortal. Sua ponta afunda em seu pescoço e você cai entre os outros bravos soldados que morreram para salvar Allansia. Desmoralizado por sua morte, seu exército se vira e foge. Agglax é vitorioso.

340

Homens mortos não são bons guerreiros, e você amaldiçoa sua decisão de perder tempo e energia com uma jornada infrutífera para Garra. Perca 1 ponto de Sorte. Sem perder mais tempo, você deixa Garra e retorna ao exército que lhe espera. Você então marcha para o sul até encontrar um vau no rio. Uma vez do outro lado e em segurança, você vira seu exército para o sudeste na direção de Zengis. Vá para **49**.

341

"A sorte sorri para você", diz a voz, devagar. "Então diga-me, quem é a deusa cuja estátua forma parte de minha fonte?". Você vai responder:

Liriel?	Vá para **32**
Libra?	Vá para **250**

342

Sua marcha ao redor do pântano passa por uma cabana de madeira. Se quiser parar para dar uma olhada dela, vá para **77**. Se preferir continuar marchando, vá para **211**.

343

Há algo escrito no papel, mas em um idioma que você não compreende. Se estiver carregando o saltador, vá para **125**. Caso contrário, vá para **294**.

344

Você tenta saltar para trás, mas é acertado no ombro pela flecha. Perca 2 pontos de ENERGIA. O wyvern é guiado para o alto pelo goblin de novo, enquanto suas tropas correm em seu auxílio. Tão logo seu ferimento é enfaixado, você dá a ordem para marchar, imaginando se o ataque aéreo não foi uma tentativa de assassinato de Agglax. Vá para 220.

345

Depois de descer vinte metros pelo túnel, você de repente é derrubado por uma fera enorme e peluda que salta para você das sombras. Dor arde por suas costas dos cortes feitos pelas garras poderosas. Perca 2 pontos de ENERGIA. Sua tocha é derrubada, mas, por milagre, continua acesa. Preso na cela subterrânea, o urso nandi está furioso e precisa sentir o gosto de carne humana. Você luta para escapar das garras gigantescas da fera. Role dois dados. Se o total for igual ou menor que sua HABILIDADE, vá para 66. Se for maior, vá para 103.

346

O barril passa flutuando; você se pergunta o que pode ter dentro dele enquanto ele desaparece da vista. Vá para **209**.

347

A garota guarda a peça de ouro no bolso da blusa e se abaixa para falar em seu ouvido. "O proprietário nunca gosta de vencedores, mas forasteiros vencedores são mais do que ele pode suportar. Eu sairia pela porta dos fundos se fosse você". Ela parece falar a verdade, então você foge em silêncio pela porta dos fundos e, mantendo-se nas sombras sempre que possível, volta à estalagem. Vá para **50**.

348

A cabeça do homem lentamente se vira na sua direção e, com uma voz funda e vagarosa, ele diz: "Que tipo de aposta?". Você aponta duas manchas de geleia na mesa e diz que ele pode escolher uma delas, e você ficará com a outra. Então vocês simplesmente esperarão por uma das muitas moscas da taverna aterrissar na sua geleia ou na dele. A mancha escolhida será a vencedora. O homem grunhe e diz: "E vamos apostar o quê?". "Minhas 10 peças de ouro contra aquele broche de ouro na sua túnica", você responde. "Que tal 50 peças de ouro?", o homem responde de pronto. Se quiser apostar 50 peças de ouro, vá para **161**. Se preferir deixar a ideia da aposta de lado e perguntar ao homem seu nome, vá para **3**.

349
Você passa por uma parte da floresta onde há vários montes de terra nos quais bonecas de barro estão semienterradas. Se quiser pegar uma das bonecas, vá para 226. Se preferir deixá-las onde estão e apertar o passo, vá para 134.

350
Caminhando rio acima pela margem, você passa por seis velhos carvalhos. Uma das árvores está morta há tempos, mas tem uma porta no tronco. Se estiver curioso o suficiente para abrir a porta, vá para 167. Se preferir continuar para Garra, vá para 399.

351
Em desesperadora desvantagem numérica, você dá a ordem para retirada e recua rapidamente com seus cinco cavaleiros para as tropas reservas. Seus ouvidos retumbam com os gritos vitoriosos dos guerreiros do caos. Esperando que eles ataquem de novo, você grita ordens de batalha. Mas os guerreiros se viram e voltam para se juntar ao resto de seu maligno exército. Você decide que o ataque é a melhor defesa e dá a ordem para seu exército marchar contra a linha de frente dos trolls. Vá para 178.

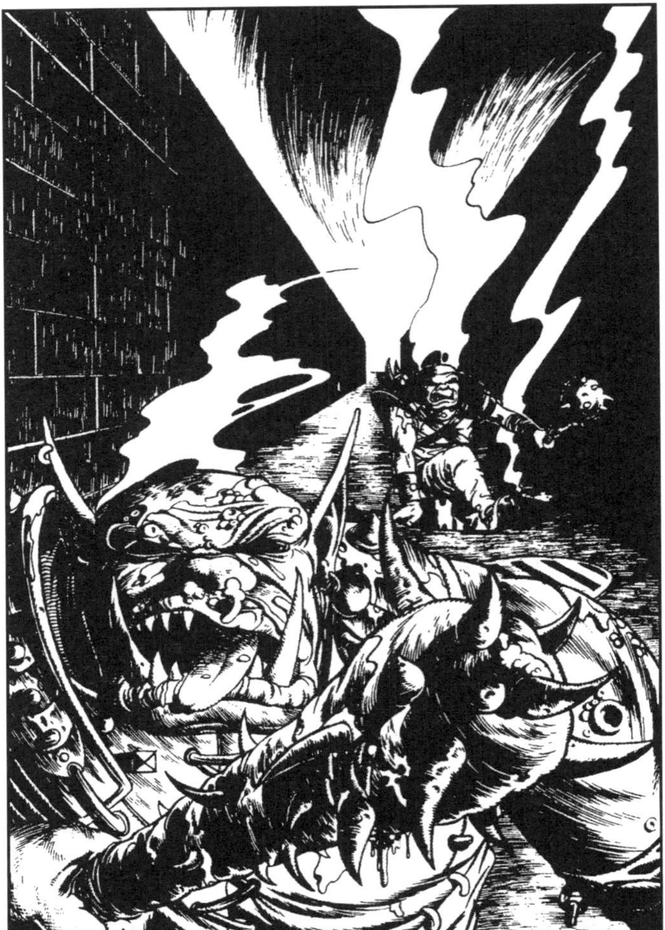

352

Descendo o beco, você caminha por sobre uma grade de ferro. Quando passa por cima dela, a grade de repente voa e duas criaturas feias e marrons saltam do túnel abaixo da grade. Cobertas de verrugas e pingando água dos esgotos, dois fedidos goblins do esgoto, armados com porretes com cravos, correm para emboscá-lo. Lute com um de cada vez.

	HABILIDADE	ENERGIA
Primeiro GOBLIN DO ESGOTO	6	5
Segundo GOBLIN DO ESGOTO	6	5

Se vencer, vá para **251**.

353

O Capitão Barnock ancora o *Tucano Voador* na margem do rio muito antes que o navio pirata esteja sobre ele, e você ordena a seus homens que pulem para terra firme. Você alinha os arqueiros élficos rapidamente na margem do rio e ordena-lhes que fiquem prontos para disparar ao seu comando. Quando o navio pirata está perto o suficiente, você grita para seu capitão, dizendo-lhe para não bater no *Tucano Voador* pois não há tesouro a bordo. Se ele quiser tesouro, terá de vir até a margem e lutar por ele. Você vê o capitão pirata examinando suas tropas com um telescópio e então você sorri, satisfeito por saber o quanto ele vai se surpreender com sua enorme força. Seu plano funciona; o capitão pirata grita novas ordens para seus homens, e você observa o navio pirata passar o *Tucano Voador* e descer o rio para longe da vista. Some 1 ponto de SORTE. O Capitão Barnock começa a comemorar alto, até ter um ataque de tosse e ser forçado a sentar para se recuperar. Mas, em menos de meia hora, todas as suas tropas e bagagens estão de novo a bordo do *Tucano Voador* e você parte rio acima para Zengis. Vá para 175.

354
Você adentra a boca com cautela, esperando que uma pedra enorme caia em você ou uma linha de estacas de ferro dispare da parede do fundo. Mas nada disso acontece e você pode continuar caminhando. Vá para 53.

355
Vine é um lutador habilidoso e de alguma forma consegue se soltar de você. Antes que possa entender o que está acontecendo, seus papéis são invertidos e os seus braços é que são torcidos para trás e presos às suas costas. Você tenta com todas as forças se soltar, mas quanto mais luta, mais dói. No final, você não tem escolha a não ser se entregar. Vá para 213.

356
Vinte de seus valorosos soldados jazem mortos ou moribundos no campo de batalha (perca essa

quantidade do tamanho de seu exército na *ficha de aventura*). Os trolls estão tentando fazer os bravos sobreviventes recuarem, enquanto goblins e orcs atacam os flancos sem piedade. Enlouquecidos pela batalha, alguns dos goblins e orcs na retaguarda estão lutando entre si, de tão ansiosos que estão para sentir o clamor do aço. À sua direita você vê um guerreiro sendo atacado de ambos os lados por dois goblins. À sua esquerda, outro guerreiro está sendo golpeado por um troll das colinas. Se quiser ajudar o guerreiro à esquerda, vá para **269**. Se quiser ajudar o guerreiro à direita, vá para **62**.

357

A taverna é bastante pequena do lado de dentro, e não há muitos clientes. O clima parece amigável, então você se aproxima do bar e pergunta ao taverneiro se ele conhece muitos guias. Ele aponta para uma mesa no canto mais distante e diz: "Pergunte ao Thog ali. Ele costumava ser o melhor". Você vai até a mesa e senta de frente para um velho guerreiro exibindo cicatrizes de batalha. Você explica que deseja contratá-lo como guia. "Onde você quer ir?", ele pergunta com uma voz profunda. Você vai responder que:

Quer atravessar a Floresta dos Demônios?	Vá para **319**
Quer ir até as Cavernas das Pedras das Estrelas?	Vá para **57**

358

Laas procura em suas peles e puxa um dente comprido e curvo, preso a uma tira de couro. "Isto é um dente de yeti", diz Laas com orgulho. "Se usá-lo, nunca será atacado por lobisomens ou outro licantropos É meu desejo que você fique com ele, pois está preparado para morrer por Allansia". Você deixa Laas colocar o dente ao redor de seu pescoço e então conta o que sabe sobre o demônio das sombras enquanto vocês navegam rio acima. Vá para **203**.

359

Os guerreiros do caos são combatentes ferozes e estão em maior número; são o dobro dos seus cavaleiros. Se seus cavaleiros incluírem os cinco Cavaleiros Brancos, vá para **118**. Se não houver Cavaleiros Brancos em seu exército, vá para **317**.

360

Com a velocidade de um raio, você mergulha para o lado quando a bola de fogo atinge o local onde você estava. Você se coloca de pé assim que o cavaleiro goblin dispara uma flecha em você. Role um dado. Se o resultado for 1, vá para **304**. Se for um número entre 2 e 4, vá para **344**. Se for 5, vá para **147**. Se o resultado for 6, vá para **283**.

361

Você corre para o anão e descobre que ele ainda está respirando. "Pílulas!", ele diz cuspindo o ar. "Na minha bolsa… Dê-me uma… Rápido". Você faz como ele pede e dá a ele uma das três pílulas verdes em sua bolsa. Em menos de um minuto ele está bem — até mesmo os ferimentos na garganta estão começando a sarar. "Um mago me deu estas pílulas como recompensa por salvar sua vida. Agora vou dar-lhe uma delas por salvar a minha", diz o anão, contente. Você pode usar estas pílulas a qualquer momento, exceto durante um combate; ela cura 8 pontos de ENERGIA.

O anão então fala sobre como o muda-formas criou a ilusão para se parecer com um velho; assim disfarçado ele entrou no estábulo do anão sob o pretexto de comprar um burro. "Assim que entrou, ele me atacou e mudou de volta à forma original. Agradeço a você por eu ainda estar vivo. Reviste as roupas dele e veja se consegue encontrar alguma coisa de valor. O que achar é seu". Você se abaixa e revista o muda-formas. Em um bolso interno você encontra um sinete de ouro com o número "332" inscrito nele. "Nada mal", diz o anão quando você joga o objeto no ar e o pega com a outra mão. Você se despede do anão e volta para a rua. Vá para **149**.

362

Você caminha um pouco mais pelo túnel do covil do urso nandi, perguntando-se quem trancou a fera no subterrâneo. E por quê? No fim do túnel você não encontra nada a não ser uma pilha de ossos velhos cobertos por palha. Incapaz de resolver o mistério, você sai do covil e volta à clareira. Vá para **315**.

363

Os guardas estão trajando cota de malha e elmos, e cada um está armado com lança e escudo. Lute contra um de cada vez.

	Habilidade	Energia
Primeiro GUARDA DA CIDADE	8	7
Segundo GUARDA DA CIDADE	8	8

Se vencer, vá para **78**.

364

Você espera ansioso por uma hora, mas felizmente não demonstra nenhum traço de febre. Você escapou de contrair a horrível doença que é a licantropia. O resto da noite passa sem incidentes e, de manhã, você conduz seu exército para fora da floresta, através da nova planície. Vá para **323**.

365

A adaga acerta o cabo de sua espada, que está em seu cinto, e cai no chão. Você de repente se dá conta de que teria sido tolice levar a estátua se os atacantes dos elfos da floresta a deixaram em paz. Mas você está vivo e a estátua é sua. Sem encontrar mais nada de interessante, você decide voltar para seu exército. Vá para **88**.

366

O resto do dia passa sem incidentes e, quando começa a anoitecer, você dá a ordem para preparar o acampamento. Seus homens estão bem desanimados e mal conversam entre si ao redor da fogueira. Depois que as sentinelas são postadas, ninguém perde tempo e todos se deitam para dormir. Vá para **279**.

367

Meia hora depois de comer as maçãs, alguns dos soldados começam a ficar doentes, você entre eles. Perca 2 pontos de Energia e 1 de Habilidade. Sua saúde começa a deteriorar rápido, e dois deles morrem. Antes do final do dia, dez estão mortos. Faça as deduções apropriadas em sua *ficha de aventura* e também perca 1 ponto de Sorte. Você se arrepende da decisão de dar as maçãs para seus homens e resolve não se deixar distrair de seu objetivo principal no futuro. Vá para **209**.

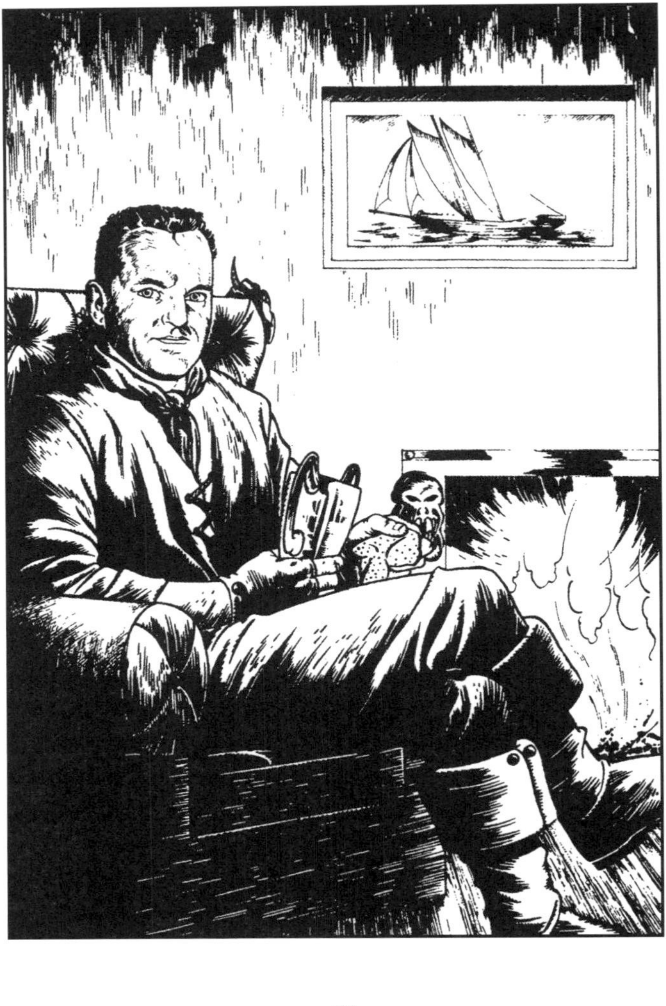

368

A porta dá para uma pequena sala de recepção que tem paredes brancas e vigas baixas de carvalho. Na parede oposta, há fogo ardendo na lareira, e acima dela há a pintura de um pequeno barco a vela. Há um homem sentado em uma poltrona alta de couro à frente do fogo, polindo um cálice de prata. Você limpa a garganta para chamar sua atenção e ele se vira para você, dizendo: "Desculpe, não o ouvi entrar. Como pode ver, estou ocupado polindo este troféu que ganhei velejando. Mas não quero aborrecê-lo com minhas histórias de vela. O quarto custa 2 peças de ouro a noite". Você paga pelo quarto e espera o homem lhe alcançar a chave. Ele levanta, mas então se apoia na lareira e começa a admirar a pintura. "Ah, o *Harém* era um grande navio, com uma grande tripulação. Deixamos todos os outros barcos para trás e vencemos todas as regatas exceto uma, e só perdemos por causa das habilidades de navegação do Spike". Se quiser cortar o homem e pedir a chave do quarto, vá para **81**. Se quiser ser paciente e ouvir a história dele, vá para **183**.

369

"Será que eu poderia sugerir este magnífico saltador?", pergunta o velho com um sorriso, apontando para uma criatura parecida com um canguru que você estava olhando agora há pouco. "Seu nome é Roob e ele passará o dia satisfeito empoleirado em seu ombro — embora goste de saltar na velocidade de caminhada caso você canse de ele ficar sentado em você. Roob não apenas sabe falar, como também pode conjurar a magia invisibilidade em si mesmo e em você também, se estiver sentado em seu ombro. Diga apenas "um, um, um" e *puff*, você está invisível. Ele também compreende o idioma troll. Estou pedindo 50 peças de ouro por Roob". Se quiser comprar o saltador, vá para **335**. Se preferir sair da loja sem comprar o familiar, vá para **218**.

370

Você arrasta o glob para longe da árvore e amarra seus braços atrás das costas com um pedaço de cipó. Você começa a interrogá-lo sobre a aldeia e sobre Agglax, mas o glob compreende poucas palavras do idioma humano e não consegue responder. Você vai:

Matar o glob?	Vá para **29**
Gesticular que deseja tesouros?	Vá para **247**
Libertar o glob?	Vá para **169**

371

O machado assovia ao passar por sua cabeça e cai no chão à sua frente. Você para por um momento para pegá-lo e então corre de novo, deixando o homem com o machado para trás. Vá para **52**.

372

Você caminha pelo túnel por uns poucos metros — mas na escuridão você não vê o arame esticado à sua frente, na altura do chão. Você o acerta com o pé, fazendo com que um enorme pedaço de rocha caia sobre sobre si. Você é morto de imediato.

373
Você consegue agarrar o tornozelo esquerdo de Vine por pouco antes de ele tentar saltar sobre você, e o puxa para o chão. Você tenta subir sobre ele e prendê-lo no chão com uma chave de braço. Role dois dados. Se o resultado for igual ou menor que sua HABILIDADE, vá para 237. Se for maior, vá para 355.

374
A enorme mandíbula do lobisomem morde o pescoço da sentinela. Ele então se volta para você, as presas pingando sangue. Você precisa enfrentar o lobisomem.

LOBISOMEM   HABILIDADE 8   ENERGIA 9

Se vencer o combate sem perder nenhuma rodada, vá para 305. Se perder uma ou mais rodadas de combate mas ainda assim matar o lobisomem, vá para 228.

375

Agora, muitos de seus homens já estão acordados, embora cinco deles jamais voltarão a acordar. Suas gargantas foram cortadas por salteadores noturnos e seus anéis de ouro foram roubados. Se você tivesse acordado mais cedo, isso nunca teria acontecido. A sentinela é encontrada cuidando de um ferimento na cabeça, tendo sido atacada por trás; um homem adicional é colocado de sentinela pelo resto da noite. Depois do amanhecer, o Capitão Barnock dá a ordem para o navio continuar rio acima. Vá para **188**.

376

Você tranca a porta atrás de você e se joga satisfeito na cama macia. Você cai no sono em poucos minutos e não acorda até de manhã, quando ouve uma batida forte na porta. "O café da manhã está pronto!", grita Obigee. Depois de um bom prato de presunto e ovos, você se sente pronto para enfrentar Agglax. A noite tranquila e a comida farta lhe fizeram muito bem. Some 2 pontos de ENERGIA. Você finalmente se despede de Obigee e sai à rua. Depois de caminhar menos de cem metros, a rua termina em um cruzamento. Se quiser ir para a esquerda, vá para **65**. Se quiser virar à direita, vá para **268**.

377

Você entra no túnel e logo chega a uma bifurcação. Se quiser virar à esquerda, vá para **85**. Se quiser virar à direita, vá para **214**.

378

Você senta à mesa e cumprimenta o homem já sentado nela; ele está vestindo uma armadura de couro marrom sobre mantos negros. Mas o homem se mantém em silêncio e seu rosto não demonstra nenhuma expressão. Seus olhos continuam fixos na porta enquanto ele leva a caneca aos lábios e bebe sua cerveja. Você vai:

Perguntar o nome dele?	Vá para 3
Levantar-se e ir para a mesa com os vagabundos?	Vá para 18
Desafiá-lo com uma aposta?	Vá para 348

379

Tão logo você puxa a espada do corpo do adversário, outro se move para tomar seu lugar. Se quiser continuar lutando, vá para 193. Se preferir tentar distrair o inimigo jogando todo o seu ouro no ar, vá para 394.

380

Os elfos se alinham ao longo da lateral do navio e disparam suas flechas nos surpresos salteadores. Sua mira é mortal: oito salteadores são mortos na primeira salva. Os salteadores restantes percebem que seria suicídio continuar o ataque e viram as canoas, remando de volta à praia tão rápido quanto possível. Uma grande comemoração irrompe do convés enquanto você navega rio acima, para longe dos derrotados salteadores. Vá para 309.

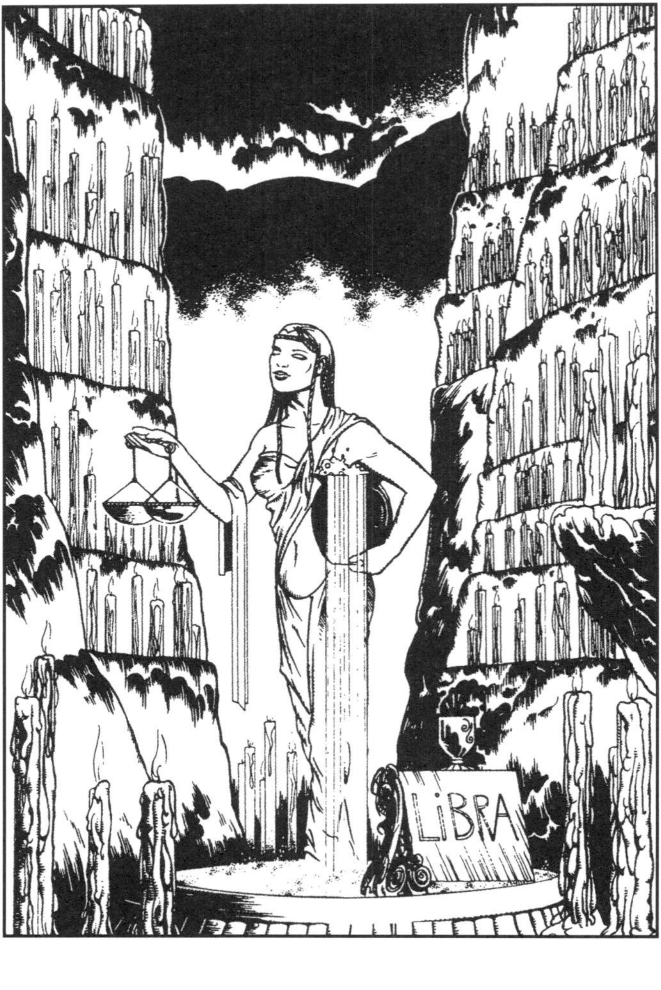
LiBRA

381

O corredor se abre em uma caverna alta, brilhantemente iluminada por centenas de velas acesas. No centro da caverna há uma fonte de mármore esculpida na forma de uma jovem deusa, vestindo longos mantos. Água escorre de uma urna que ela está segurando com o braço esquerdo, e em sua mão direita há uma balança; uma caneca de metal descansa sobre uma placa na qual a palavra "Libra" está inscrita. Se quiser beber um pouco de água da fonte, vá para **11**. Se preferir atravessar a caverna e descer pelo corredor do outro lado, vá para **221**.

382

Depois de passar por uma linha de velhas casas de madeira, você chega a uma loja curiosa. Não há nada na vitrine além de uma gaiola vazia. A tinta marrom da janela está descascando e sobre a porta há uma tabuleta que diz: "Animais de Estimação — normais e sobrenaturais". Se quiser entrar na loja, vá para **112**. Se preferir continuar caminhando, vá para **218**.

383

O virote de besta se aloja em sua garganta com um barulho repugnante. Você cai no chão agarrando a garganta, e morre em instantes.

384

Uma corda prendendo um bloco e ferramentas no cordame acima de você se parte quando o navio pirata golpeia o *Tucano Voador*. O bloco e as ferramentas atingem o convés, errando você por pouco. Você corre para avaliar a lateral do navio e vê um buraco por onde a água está entrando. Não há tempo a perder enquanto o *Tucano Voador* começa a afundar; você ordena a seus homens que abandonem o navio e nadem para a margem norte. Há muita gritaria entre a tripulação do Capitão Barnock enquanto você mergulha na fria água do rio. A água não é muito funda; olhando para trás, você vê os piratas abordando o velho navio semiafundado. Poucos minutos depois, você sai da água e calcula os custos da perda do *Tucano Voador*. Role um dado. Se o resultado for 1 a 3, vá para **7**. Se for 4 a 6, vá para **313**.

385

Você cumprimenta Max por sua excelente habilidade com a espada enquanto ela aperta sua mão. Você diz a ela para encontrar Lexon no acampamento fora de Zengis, onde ela receberá o pagamento de 300 peças de ouro (perca este valor de sua *ficha de aventura*). "Você não vai se arrepender", ela diz enquanto conduz seus homens para fora. Você a observa por alguns momentos, antes de voltar à esquina da rua. Vá para **314**.

386

Seu exército luta uma *escaramuça* contra os cinquenta demônios do fogo. Se vencer, vá para **316**.

387

Quando você pisa em uma das tábuas do chão, o outro lado dela é projetado para cima e o barbante segurando a espada cai da estaca. A espada cai na direção da elfa, mas, para sua surpresa, simplesmente ricocheteia no estômago dela. "Liberte-me", ela implora, "e eu explico tudo!". Se quiser libertá-la, vá para **243**. Se preferir deixar a estranha elfa e voltar a seus homens do lado de fora, vá para **320**.

388

A multidão fica louca enquanto Barrigudão comemora a vitória mais uma vez. Em seu movimento agora característico, ele soca o ar e ruge de satisfação. Você não perde tempo em procurar a saída, sentindo-se nauseado por ter devorado aquela torta horrível. Perca 1 ponto de ENERGIA. Sentindo-se como uma fera de sangue inchada, você parte pela rua. Vá para **95**.

389

Você se mantém atento à clareira enquanto a circula para retornar à trilha através da vegetação. *Teste a sorte*. Se for *sortudo*, vá para **162**. Se for *azarado*, vá para **308**.

390

Laas parece aflito e parte para se reunir com seus homens. Poucos minutos depois ele volta e diz: "Aqui estão suas 100 peças de ouro. Não iremos com você, pois estamos profundamente insultados". Você não consegue mudar a opinião dos nortistas e precisa deixá-los desembarcar. Perca 1 ponto de Sorte. Sentindo-se um pouco desanimado, você dá a ordem para navegar rio acima. Vá para **203**.

391

"Você errou", diz o cavaleiro, com ar severo. "Volte ao local de onde veio". Se quiser virar seu exército e marchar para o sul pela beira do abismo, vá para **327**. Se preferir atacar os cavaleiros, vá para **148**.

392

A ponta de sua espada atinge o alvo, afundando na macia carne amarela. Um fluido grosso e verde escorre do ferimento enquanto o moedor de barro se debate em dor agonizante. Você cai para trás, tentando evitar ser esmagado. Em poucos instantes está tudo acabado e o moedor de barro afunda silencioso no barro negro. Você atravessa o pântano e felizmente alcança terra firme de novo, mas ainda está irritado por ter perdido cinco homens no pântano. Vá para 115.

393

O túnel vai ficando perceptivelmente mais quente e agora também está banhado em uma luz suave e púrpura. Enquanto você continua, a temperatura vai ficando mais quente e a luz, mais intensa. Você começa a suar e precisa apertar os olhos para reduzir o brilho da forte luz púrpura. O chão de repente cede sob céus pés, e você se vê deslizando em uma rampa longa e serpenteante. Você vê o fim da rampa chegando, mas está caindo muito rápido para conseguir deter a queda. Você aterrissa com um chapinhar em um lago de um líquido púrpura e quente. Você sai de dentro dele e percebe que uma luz púrpura o envolve, irradiando do seu corpo. Se bebeu água da fonte mais cedo, vá para 42. Se não bebeu, vá para 160.

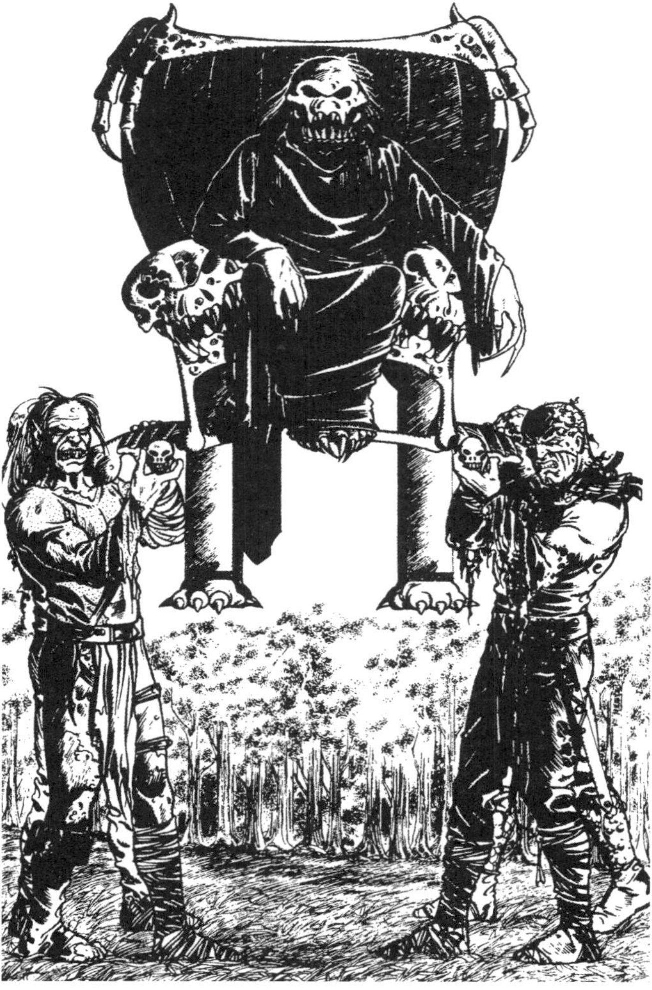

394

As peças de ouro caem pelo ar como enormes pingos dourados. Uma confusão toma as forças inimigas de imediato, pois os trolls e goblins se jogam para pegar o ouro que tanto amam. Ignorando o combate principal, eles lutam com ferocidade entre si para pegar o tesouro. Você aproveita a oportunidade e atravessa as fileiras desorganizadas deles. Você de repente vê o demônio que vem caçando. Sentado calmamente em um trono de seda suspenso por quatro horríveis zumbis, Agglax observa você se aproximar com olhos vermelho-sangue. Ele não faz nenhum movimento enquanto você se aproxima. Apenas sua cabeça vil e mãos em forma de garras podem ser vistas, o resto coberto por seus mantos negros; uma visão que faz um calafrio horrível percorrer sua espinha. Sentindo perigo na tranquilidade de Agglax, você imagina se deve atacá-lo ou não. Você vai:

Usar um pingente (se tiver um)?	Vá para **236**
Usar um cristal (se tiver um)?	Vá para **39**
Usar a espada?	Vá para **301**

395

O interesse dos vagabundos aumenta quando você menciona que está disposto a pagar por informações sobre Agglax. "Sabemos onde esse tal Agglax está erguendo seu exército e podemos marcar o local em um mapa", diz Laz, sentindo cheiro de ouro.

"Mas", continua ele com um sorriso, "mais importante ainda é que sabemos como ajudá-lo a derrotar o demônio das sombras. Por 10 peças de ouro, mostraremos onde está Agglax. Por mais 90 peças de ouro, diremos como enfraquecê-lo". Se quiser pagar aos vagabundos 10 peças de ouro, vá para **322**. Se estiver disposto a pagar 100 peças de ouro, vá para **56**.

396

Você cai contra o tronco e logo recupera o equilíbrio. O glob sopra outro dardo contra você, mas ele bate inofensivo em seu escudo. Você aproveita a oportunidade, sobe rápido e agarra o tornozelo do glob antes que ele possa recarregar sua zarabatana. Você puxa com força e o glob deixa cair a zarabatana enquanto tente se segurar em um galho. Mas depois de uma luta rápida, ele desiste e se apoia no tronco, com a cabeça abaixada, esperando a punição da sua espada. Se quiser matar o glob, vá para **82**. Se preferir interrogá-lo, vá para **370**.

397

Você solta um grito agonizante e agarra a garganta onde o tridente o acertou. Você cai para a frente e desaba no convés, morto por um único homem-peixe. Sua aventura acabou.

398

Você ergue a tampa da caixa e não vê nada além de luz branca e brilhante dentro dela. Seus olhos começam a doer e a sensação é como se eles estivessem queimando. Você pisca diversas vezes, mas não consegue ver nada além de luz branca. Você perdeu a visão para uma pedra da cegueira. Perca 6 pontos de HABILIDADE e 2 de SORTE. Você cambaleia de volta a suas tropas e diz a Lexon para atuar como seus olhos e guia. Apesar da tragédia, você está determinado a continuar e grita a ordem para marchar. Vá para **181**.

399

Mais ou menos uma hora depois, uma voz atrás de você de repente grita: "Olhem! Olhem para os céus a leste. Uma criatura voadora com um cavaleiro". Você olha para cima e vê uma criatura parecida com um lagarto com grandes asas de couro mergulhando na sua direção — é um wyvern, e seu cavaleiro goblin está mirando o arco na sua direção. A boca do wyvern se abre rugindo, disparando uma bola de chamas contra você. Role um dado. Se o resultado for 1, vá para **97**. Se for entre 2 e 5, vá para **207**. Se o resultado for 6, vá para **360**.

400

400

Ao testemunhar a destruição de Agglax, as criaturas do Exército da Morte enlouquecem. As várias tribos se atacam entre si, cada uma culpando a outra pela perda do líder. Você tenta fazer os inimigos se renderem, mas eles estão focados demais em se autodestruir. No fim, você deixa os goblins, orcs, trolls das colinas, zumbis e fanáticos de elite causarem a própria extinção, enquanto marcha seu exército triunfante de volta a Fang. Mas quanto tempo vai se passar antes que um novo perigo ameace sua amada Allansia?

O MAIOR RPG DO BRASIL!

TORMENTA20 leva você até Arton, um mundo de problemas — e de grandes aventuras! Embarque em jornadas fantásticas com seus amigos e vire o herói de sua própria história.